ゴータマ・チョプラ
丹羽俊一朗［訳］

CHILD OF THE DAWN
by Gautama Chopra
Foreword by Deepak Chopra

夜明けの子供

賢者と、富と幸福の秘密

風雲舎

Child of the Dawn
by Gautama Chopra
/Foreword by Deepak Chopra

Original English Language Publication 1996
by Amber Allen Publishing, Inc., California USA.

Japanese translation rights arranged with InterLicense, Ltd.
through Owls Agency Inc.

太陽は夜明けの光となって
永遠に生まれ変わる

——ラビンドラナート・タゴール

四人の祖父母たちへ——
ナニ、ナナ、マー、ダディ。
あなたたちは私が知らなかった悟り、
世代を超えた叡智、
そして、純真な心の模範でした。

夜明けの子供　〈目次〉

カバーイラスト——押金　美和
カバー装幀——山口真理子

〈序〉
子供は人の父である

ディーパック・チョプラ

インドのヴェーダの言い伝えでは、人の名前と体は不可分のものであると考えられている。

古くから使われてきた「ゴータマ」という名前は、文学的には「覚醒者」の意味を持つ。それはかつて悟りに到達した古代の王子ブッダに与えられた名前でもある。

私の息子、ゴータマ・チョプラは「夜明けの子供」(Child of the Dawn)であると私は思っている。夜明けとは、世界を変容させんとする新しい意識の目覚めを指す。来るべき世代において、われわれ人間と母なる地球との結びつきを、ふたたび神聖で純粋なものにするためには、覚醒した新しいリーダーたちが最大限出現することが、なによりも必要になるだろう。

　ゴータマもそうした新しいリーダーの一人であると、私は信じる。ゴータマが四歳のとき、妻のリタと私は、彼が瞑想の術を習得したと確信した。瞑想は彼の成長にとって重要な一部となり、おかげで、ごく早い時期に彼は、内なる静寂に慣れ親しむことができるようになった。瞑想中に彼は、自分が親である私たちによって生み出されたのであっても、私たちに帰属するものではない、と告げられてもいる。

　彼は宇宙からのギフトだったのだ。私たちはさしあたり、彼の世話係といったところだろうか。それでもその役割を担うことができたことは、私たちの特権であったし、名誉であったと思っている。


「ダルマの法」に関して、私は私の著書『人生に奇跡をもたらす7つの法則』（PHP出版刊）で、人はそれぞれがユニークなギフト、つまり特別な才能を他人に与えるという目的のために存在しているのだ、と記した。この原則に従ってゴータマは、学校で利巧に立ち回るようにとか、良い成績をとりなさいとか、最高の大学に行かなければならない、といったことは決して言われずに育った。

彼は唯一、自分のユニークな才能を見つけ、それを人のために役立てなさい、とだけ言われた。

今、ゴータマは二十一歳の若者で、宗教学と文学に情熱をいだくコロンビア大学の学生だが、この本は彼のユニークな才能を表わしているように思う。

『夜明けの子供』は大胆で挑発的な、自由にかかわる著述である。それはいわば、既知の世界という牢獄を逃れ、未知の世界——無限の可能性に満ちた世界へ踏み入ろうとするものである。本書では、主人公ハキム少年の人生を介して、『人生に奇跡をもたらす7つの法則』の方法が実際に生かされ、証明されていく。私たちが生きる目的や生き方を探求する過程で、これらの法則がどのようにガイドの光となるかを、ハキムの試練や苦難、冒険を通してうかがい見ることができる。

私の著した本のほとんどはノンフィクションであるため、息子が物語の中で表現している『人生に奇跡をもたらす7つの法則』のそれは、私にはとても開放的であると感じられた。

着飾った真理は、事実をあまりに窮屈だと思う。
物語の中では、彼女は身軽にふるまう。

インドの詩人タゴールがかつて言ったように、あらゆる視点において、論理を積み重ねて真理を説明するノンフィクションより、フィクションのほうが真実を明快に表現する。ゴータマの本の中に本質的なメッセージを見出すとき、私たちは目先の現実を超越した真実に出会い、不思議で神聖な世界に触れることだろう。

インドへのいくどもの旅の途上、ゴータマは、その美しい魂以外は何ひとつ持ちあわせないストリートチルドレンの残酷な現状を目の当たりにした。インドではいかに貧しく、いかに物のない暮らしであっても、子供たちに暴力の片鱗や敵意、怒りを見ることはない。極貧状態であっても、そこには純真で愛らしい無邪気さがあるだけなのだ。

『夜明けの子供』は、身寄りのない一人ぼっちの少年が、みずからの人生の目的を探そうとする物語である。この少年は私たち誰もの心の中に住んでいる。夜明けの子供とはある意味、私たちすべての人生を象徴したものといえるだろう。

私たちは一人でこの世界にやってくる。そして、ある日、私たちはまったくの一人で去って行くのだ。その間の、宇宙の旅の貴重な一瞬一瞬に、私たちは互いに旅人として出会うのである。

ゴータマが六歳の時、このことについて私たちは話し合った。そのとき彼は、「僕たちは皆、違った電車に乗ってやって来て駅で出会ったんだね。じゃあ、また別の電車でそれぞれの旅へと旅立つまで、楽しもうよ！」と言った。さらには、ずっと昔、私たちがチベットのある山の近くの橋の上で出会ったことや、私たちが転生しながらさまざまな役割を演じていることについても語った。

そうなのだ、私たち人間は数えきれないほどの転生を繰り返し、その中で実に無数の役割を演じる運命を負っている。そして霊的覚醒のためには、私たちがいま自分の演じている役割がすべてではないことを知った上で、その演じている役割を注意深く見つめて生きていくことが大切なのだ。

本書の読者が、ゴータマの本を楽しんでくれることを期待してやまない。もしあなたが若者なら、この本の主人公の夢の数々や大志に共鳴することだろう。そのときは、主人公の覚醒への旅の中に、あなた自身の人生の物語を見つけるだろう。

また、もしあなたがそんなに若くはなく、私のように親としての立場を持っているなら、きっと子供たちが偉大な師であることを知るだろう。

子供は人の父であるという。この本を読み進むうちに、私自身もそれは真実であると確信したのである。

プロローグ――迷い

少年は迷っていた。

どういうわけかまだ幼い人生の途中で、少年は道を見失っていた。

どこで迷ったか。

何から迷ったか。

ああ、あなたならきっとわかってくれるだろう。私が地中海の古代都市にあった迷宮の話などをしているのではないと。

少年が見失ってしまった目標や現状にしても、実のところは、彼の捨て鉢で、孤独で、寂しがりの性分が原因なのだが、今の彼には、自分がいったい何に迷っているのかさえわかっていないのだ。

少年は一人ぼっちだった。

本当に一人きりだった。

父も母もなく、家族も家もない。

呼びかけてくれる人もいない。

毎日、眠れる街に夜明けが来ては繰り返される街の営みを、少年はただ眺めて過ごしているのだった。

生きがいなどは何もなかった。愛する人もいなければ、一緒に笑う人もいない。

少年が心の奥に秘める思いを分かち合う人もいなければ、楽しい思い出や、胸にしまっておきたい大切なものもない。

そんなある日のことだ。少年が孤独と飢えと絶望の淵から、失われることのない富と幸福の鍵を探して旅立ったのは。

それは、生きる目的を探し、愛を追い求める旅であると同時に、自分自身の自己証明の旅でもあった。

こうして、少年の覚醒への旅は始まった。

1　街の孤児

両手をいっぱいに広げ、ウーンと一つ伸びをして、ハキムは目を覚ました。少年が寝ていた隠れ家のすぐ横を、ちょうどそのとき、猛スピードで車が通り過ぎた。少年の手には、哀れにもそのおんぼろ車が跳ね上げたと同じ泥が握られていた。

いつものように、夜明けは朝の気だるい音を運んでくる――どこからか聞こえる赤ん坊の泣き声。近くでおんどりがけたたましく声を上げたかと思うと、遠くでは野良犬が悲しげに鼻をクーンと鳴らす。

朝の祈りを捧げる人の声、道行く人の挨拶を交わす声に混じって、どこかの女性が身につけた飾り物が、チリンチリンと鳴る。

廃物を燃やしたあとの鼻をつくにおいが、お香に混じってじれったいほどゆっくりと漂ってきて、ハキムを夜の幻想から引き離す。

少年は、しぶしぶ夢の世界から戻ってきた。彼の見ていた夢は、現実にはありえない未来への期待に満ちたものだった。

目を覚ましたハキムの前にあるのは、孤児の世界だった。街は活気づき、人々は思い思いの服を着て、いつものようにこの世界での役割を演じ始める。子供たちはゴミ捨て場に向かい、バットとボールの代わりに、拾った棒切れと小石を使って遊んだ。娘たちは川へ洗濯に行き、破けた服を岩の上で叩く。その間に、女たちはかまどの火をおこす。男たちは中古品店や市場の露店へ出かけ、仲間と賭け事をし、うたたねをし、老人たちはどこにいるかわからない神々に、家族皆が食べ物にありつけますようにと祈りを捧げる。

太陽がゆっくりと地平線からのぼった。あたりを金色に染め、しだいに賑わいをます街の通りをジリジリと焦がした。

毎朝日射しが強くなる前に、ハキムは近くの交差点まで歩いて行く。信号待ちの車の窓を洗い、車の乗客に期限の過ぎた雑誌や、夜のうちに市場で盗んでおいた、傷ものの果物を売った。ハキムは車の乗客がうらやましかった。彼らには家族や友だちがいるし、お金や力さえも持っているからだった。

ハキムはよく、東の方角の高級住宅街から来る子供たちを見かけた。彼らはこれ以上ないと思えるほどに裕福で、通りの突き当たりにある、赤レンガ造りのカトリックの名門校に通っていた。ときどきハキムは、学校の大きな塀のほうへ向かう子供たちについて行き、彼らが十字架を掲げた礼拝堂へと入って行くのを、門越しにじっと眺めた。建物の中にあんなにたくさんの子供たちが集まって、いったいどんな秘密の儀式が行なわれるのだろうかと、想像をふくらませるのだった。

建物に囲まれた広場ではその子供たちが、ボタンダウンのシャツと半ズボン姿で、サッカーやクリケットをして、笑いながらゲームに興じていた。少年の隠れ家がある区域の子供たちとは違って、彼らは正式のバットとボールにプロテクトギア、そして真新しいユニホームでプレイを楽しんでいた。ハキムは夕方になるとこんどは、彼らが裕福な家に帰って行く様子を想像した。本やノートや鉛筆で膨れた子供たちの鞄を、お帰りなさいと言って、笑顔で受け取ってくれる親が待っているのだ。彼らにはきっと将来の夢や希望があるのだろうが、実のところハキムは、夢や希望とはいったい何なのか、それさえもわからないのだった。

西の方角からは都会の高級ホテルに泊まっている旅行者がやって来た。ハキムはよく、海を越え、インドに渡って来て贅沢に暮らす外国人のことを考えた。ハキムには彼らの富や裕福さ、糊のきいた衣服や革の鞄がどうしようもなくうらやましかった。ときどき、彼らのうちの一人に生まれ変わる夢さえも見た。

ホテルの客の多くは外の空気にさらされることなく、空調のきいたピカピカの車に乗ってホテルのゲートから出かけた。彼らの乗った車が吐き出したガスで、ハキムのオリーブ色の肌はススにまみれた。

ハキムは十二歳のとき、街の孤児院から逃げ出した。新天地を求めて街に飛び出した彼は、通りの孤児の多くとちがい、徒党を組んだり、乞食のグループに加わったりはしなかった。街のなりたちを把握することで自分の居場所を決め、自分にふさわしい仕事を見つけてそれに励んだ。仕事が特にうまくいったときは、自分の稼ぎを他の孤児に分け、場所代を取り立てる冷酷な悪党どもに殴られる彼らを、救ってやることもたびたびだった。

孤児たちはハキムを尊敬し、彼の独立心と大胆な性格を称賛した。通りの孤児たちは彼を成功者と見ていたが、ハキム自身はまったくそうは思っていなかった。

街での生活が二年を過ぎた頃、ハキムは、深く心を傷つけていまだに癒えることのない、孤児院での忌まわしい記憶、牢獄のような日々が、心の枷《かせ》となっていることを知った。ハキムは、貧困や苦難から抜け出したかった。どうあっても抜け出したかった。そして毎日通りで目にする、あの裕福で豪奢な生活を心の底から望んだ。

ハキムは自分が望むものが、自由と持続的な満足をもたらしてくれると信じた。それは富であった。富のためなら、喜び勇んで何でもしようとした。実際、そのためならどこへでも出かけ、どんな苦労もいとわなかった。

2　禁断の果実

ハキムはもうもうと舞い上がる土けむりをぬって、市場へと急いだ。通りにあふれる市場の昂奮と同じように、少年の心も高ぶっていた。屋台には、色とりどりの野菜や果物が所せましと並べられ、客はそれを買物かごに詰めながら、口うるさく値切っている。シナモン、クミン、コリアンダーや胡椒、芥子《からし》のにおいが、あたりのほこりや牛の糞のにおいと混ざり合い、市場の活況に独特の雰囲気を与えていた。

商人たちは商品名や値段を大声で叫び、競うように客引きをする。その騒々しい声が、汗とほこりにまみれた市場の空気に溶けこみ、市場を囲む古い石壁にさえぎられて反響する。野良犬が食べ物を探してゴミを嗅ぎまわっている一方で、そぞろ歩きする買物客の間を、牛がゆったりと歩いている。土けむりが市場全体を黄色い靄《もや》のようにすっぽりと覆い、その靄を太陽の光が通り抜けて、石壁の影を固い地面に映し出す。これとまったく同じ影が、幾世紀もの間、毎日同じ時間に、こうして現われてきたのだ。長い年月を経て役者は変わっても、台本とステージはそのままなのだ。

毎朝、店の主人たちは売り物——外国の織物や貴重な油、きらびやかな宝石や異国の食べ物——を並べ、組み立てた簡易な屋台の前で足を組み、客に商品のすばらしさを過大に宣伝するのだった。

ハキムは、毎日市場で繰り広げられる秘密の会合や裏取引、また人々が真剣になっている朝の活動ぶりをつぶさに観察した。エレガントな主婦たちは、モーニングコーヒーを楽しんでから爪にマニキュアを塗ってもらい、その帰りに買い物をした。学者たちはチョーサーやイェイツなど詩人たちにケチをつけてやろうと、古本屋で手当たりしだいに昔の書籍をあさった。定年退職したビジネスマンはリサイクル店に腰をすえ、四十年前に買ったラジオに合うネジを、鉄くずの山から探した。

突然腹が鳴り、ハキムは激しい空腹を覚えた。橋の下の隠れ家に置いてあるわずかな食べ物では、まったく足しにならないのだ。

そのとき、空腹を満たすチャンスがおとずれた。路地のいちばん端で、燃え立つようなオレンジ色のサリーをまとった若い女性が自分の屋台から目を離し、黄色と緑にかがやくマンゴーが置きっ放しになっていたのだ。ハキムの口は生唾でいっぱいになった。

おりしも、屋台の片側を一頭の黒い雄牛が、のろのろと鼻で地面を掃くようにして、食べ物を探しながら通りかかった。ハキムはその大きな雄牛の後ろへ、素早くすべりこんだ。真っ黒な脇腹の陰にしゃがみ、女性が荷車から商品を取り出す様子を、息をころして見つめた。顔立ちの美しい、静かな表情の女性は、目の前の仕事に没頭しているようだった。

ベールの下の茶色の眼に視線を向けると、穏やかな眼差しに優しさをたたえている。ハキムは彼女が自分をわかってくれて、この空腹を満たしてやろうとさえ思っていると感じた。心の中で彼女にお礼を言い、屋台に近づいた。

サナリの視界の隅に、茶色の亜麻布で覆った小さな手が、雄牛の背後から屋台に伸びるのが映った。小さな手が一個の果物の上で迷い、ほかへと移って、最後にいちばん大きいのに落ち着くさまを見た彼女は、腕をつかんだり叩いたりしようとはせず、むしろ笑いをこらえた。

サナリは盗みを見ないふりをして、いつものように仕事をつづけた。街の孤児の冒険の妨《さまた》げにならぬよう、また、少年のプライドを傷つけないように、彼女は麻袋をかきまわして、ほかにあげられるものはないか探した。

「盗もうとしたな、マンゴーを！」

脇腹に激しい膝蹴りを受けたのと同時に、雷のような怒声と痛みがハキムを襲った。やっと手に入れた果物が地面に落ち、まどろむような動きを邪魔された雄牛は低く唸るようにモーと鳴くと、ハキムの顔に後ろ足で泥をかけた。

「おまえにそんなマナーを教えたつもりはない！」

痛みをこらえながら見上げると、そこにかつていた孤児院の院長の顔があった。浅黒い容貌の、広い額に引かれた薄い眉の下で、黒い瞳が光っている。黒くて長い髪。とがった顎に切りそろえた髭が、傲慢な印象をかもし出している。長身痩軀《ちょうしんそうく》の体に羽織った黒く長いマントが、ことさらに近づきがたく、不気味だった。

ハキムは、男に対して抱いていたあらゆる恐れと蔑《さげす》みの感情をよみがえらせた――かってそうしたように、男の右目のそばの突き出た大きなほくろに目をやりながら。そのほくろは、輪郭のはっきりした端正な顔のなかで、ただ一つ不完全に見える部分だった。

ハキムはなにもかも思い出した。この恐ろしい男が管理する孤児院にいた数年間のことを。

ほかの孤児らと共に耐えた、なんと十年近くにおよぶ虐待。長々とつづけられる侮蔑《ぶべつ》と罵声、誰をも恐怖の檻《おり》にとじこめた圧倒的な殴打。そして最大の苦しみは、なんといっても、この男が比類なき「マスター」（師）として世間に受け止められていることだった。

しかしマスターにとって、孤児との交流はゲームにすぎなかった――もちろん、そのゲームに子供たちが勝つことは決してなかった。堕落した政府の役人を通じ、孤児院運営の名目で集めて、貯めこんだ金――それはすべて彼の欲望を満たすために使われた。その秘密は孤児たちに私的に仕事を与え、その働きに対してごくわずかな報酬を払うといったことで、カモフラージュされていた。自分が望んだものは何もかもすべて手に入れた。その一方で、男が「私の子供たち」と好んで呼んだ孤児たちは、その日を生き抜くだけで精一杯なのだった。

今も、マスターは目の前でうずくまる脱走少年の人生などどうでもいいかのように、乱暴に扱った。膝で蹴り倒したハキムの襟を長く細い腕を伸ばしてわしづかみにし、グイと引っ張り上げた。

そして横目づかいに、サナリの美しい容姿を頭からつま先まで無遠慮になぞり、彼女の驚いている目を見て、微笑んで言った。

「お嬢さん、私が約束しましょう。私はこのような行為を『私の子供たち』に教えてはいません。この者は私どもが分別を教える前に、逃げ出したのです」

マスターは手の甲でハキムの頭をひっぱたき、王様のように尊大にふるまった。男はどのようにしたら、聴衆の注意を引くことができるかを知っていたし、同時に女性を魅了するすべにも長《た》けていた。しかし今回ばかりは、その突然の荒々しさで、サナリを怯《おび》えさせてしまったらしい。

「私は喜んで学ぼうとする者だけにしか教えないのです」

そう言うと男は眉を上げ、その若い女性を見やった。

サナリは混乱し、立ちすくんでいた。ハキムは中世の騎士道精神のような勇ましい気持ちが沸き上がってきて、なんとか彼女を救いたい思いにかられた。しかしそこには、襟首をつかまれて、無力な自分がいるだけだった。

「女性に対して、物を盗むとは。なんと無礼なやつだ！」

マスターは向き直るとハキムをにらみつけ、不気味な声で言い捨てた。そして震えている少年に向かって、今度は小さな声で囁くように言った。

「禁断の果実は、手など使わずとも手に入れることのできる者だけが味わうことができるのだ。それを私からおまえへの教訓としよう、息子よ」

そう言い終わるやいなや、サナリが恐怖で息をつめているその横で、マスターはハキムの襟をさらにグイとしめた。

「拾え！」

地面に転がっている押しつぶれたマンゴーを顎で指し、厳しい口調で命令した。

「それを拾って女性に渡せ！」

ふたたびマスターが膝で激しく腹を突き上げ、ハキムはその場にうずくまった。歯を食いしばって痛さをこらえ、男の険しい表情と醜いほくろを見上げた。胸に激しい怒りがたぎりたち、思わず拳を握りしめていた。しかし、マスターは彼の反応を楽しむように、わずかに笑みを浮かべただけだった。

ハキムは言われたとおりに、地面に転がったマンゴーをつかみ、サナリの手に差し出した。見上げた目から涙があふれた。

「どうか、僕を許してください……」

つぎの瞬間、悔しさにゆがんだ顔がいたずらっぽい表情に変わったかと思うと、ハキムはニヤリと歯を見せて笑った。手を伸ばして彼女の手から果汁の滴《したた》る特大のマンゴーを引っつかんで奪うと、マスターの股間へ思いきり叩きつけた。

マスターは痛みで動けなくなり、体を折って、苦痛の声を上げた。となりの肉屋のかごの中にいた鶏が、驚いてギャーギャーと鳴いた。

ハキムは服についたほこりを払いながら立ち上がり、

「ごめんなさい……」

サナリに向かってそう言おうとしたとき、彼女が金切り声を上げた。

「逃げて！」

か細い腕をさっと伸ばして、マスターがつかもうとした手からハキムを素早く引き離した。

振り返ると、サナリは静かに微笑んでいた。

ハキムは、はにかみながらも歯を見せて笑い、まだ痙攣して背を曲げているマスターにチラリと視線をやってから、得意気に微笑んでみせた。胸の前で控えめに両手を組み、サナリに別れの挨拶をすると、街の雑踏の中へ消えた。

市場の曲がりくねった通りで身を隠すことなど、ハキムにはなんでもなかった。彼が道に迷うことはなかったし、マスターが自分を捕まえられる可能性はほとんどないこともわかっていた。ハキムはアイスクリーム屋の屋台の陰から二人を見ていた。マスターが酔った水夫のようによろめきながら立ち去ると、サナリはさっさと別の方角へ荷車を押して去って行った。

マスターは人ごみの中に消えたハキムの行方を探そうとしたが、少年は見つからなかった。それでも男の表情から焦りや怒りの様子はうかがえなかった。むしろ、なぜか満ち足りているようにさえ見えた。マスターは足の速い子供を捕まえることなどできないことを最初から知っていたし、魂の深いところで、この少年との運命の糸がふたたび交差することを予感していたのだった。

3　マスターの部屋

マスターへの仕返しの方法を考えながら、ハキムは混み合う市場の曲がりくねった道を足早に歩いた。マスターに対する怒りがこみ上げ、空腹だったことも忘れていた。ハキムには、なぜマスターがこうも自分の中に激しい感情を呼び起こすのかがわからなかった。今や、マスターへの憎しみはかつてなく激しいものに膨れ上がっていた。その一方で、いつかはマスターのように力や権力を自由に操ることを夢見るのだった。

ハキムは心に誓った。マスターに復讐してやる――これまでに受けた数えきれない屈辱のお返しに。どれぐらいの値になるかわからないぐらい多くの宝物を盗んで、マスターを痛い目にあわせてやるのだ。

孤児院の敷地内にあるマスターの部屋へ行くのに、それほど時間はかからなかった。マスターの豪奢な部屋と華やかなダイニングは、頻繁に訪れる訪問者の目から隠れるように、老朽化した孤児院の宿泊施設からいちばん遠い建物の一角にあった。

孤児院にいた頃、ハキムはこれらの知られざる部屋の存在と、どうやればそこへ潜りこめるかを発見していた。禁じられたその場所への冒険を幾度となくしていた。バルコニーのすべての床板について調べ、どうやったら音をきしませずにすむかもわかっていた。

今、ハキムは階下の部屋にいるマスターたちからは見えないように、バルコニーの支柱の陰にしゃがんでうずくまり、身をひそめている。

マスターは椅子に背をもたれさせ、物憂げな様子でイライラしながら、贅沢な夕食を前にした息子のカランをただ黙って見つめていた。

カランは父親よりもさらに痩せていたが、食い意地が張っていて、食べ物をつぎからつ

ぎへと口へ運んでいる。丸ごとのチキンをほとんど平らげ、またつぎへと手を伸ばした息子に、

「食事は終わりだ。さげろ！」

と突然マスターが大声で怒鳴った。入り口から召使いが小走りに入って来た。

カランは、テーブルに近づいた召使いに目をやると、不満気に言った。

「父さん、まだだよ。まだチキンを食べ終わっていない」

カランは召使いに、「それを残して……」と言いかけたが、

「だまれっ！　食事はもう終わりだ」

マスターはカランの言葉をさえぎり、躊躇《ちゅうちょ》した召使いに再度命じた。

「それをさげろ！　シャンティ、すぐにだ！」

カランは引き下がる召使いを、細い目をいっそう細め、威嚇《いかく》するような眼差しでにらみつけた。彼の顎は汁や食べ物で汚れていた。

マスターは嫌悪に満ちた目で息子を見た。カランにはあらゆる贅沢をさせていたし、最も高名な家庭教師もつけていた。ところがこのダメな息子は、身につけてほしい基礎の学課すら理解していなかった。来る日も来る日も友達と飽きもせず博打に興じ、孤児たちを

なじり、無力な召使いをいじめて、漫然と過ごしていた。

息子は、目を閉じている父親に目を向けて言った。

「そういえば父さん、このあいだ役人が何人かやって来て、やれ定員オーバーの、場所が手狭の、食事が粗末のと、あれやこれやうちの孤児院の不備を並べ立てて帰っていったよ……」

彼の声は傲慢さに満ちていた。

「でも、そっちのほうはうまく処理しておいたから」

マスターは目を開け、一人合点に話をつづける少年を凝視した。

「あいつらに少しだけ手土産を持たせたんだ。だからすべては大丈夫さ」

息子は少し間をおいて言った。

「父さん、あいつらは僕の言いなりさ」

「そうか」マスターは答えた。

「正直言うと、父さん、少し退屈になってきたんだ。僕はこの孤児院の小さなねずみたちみたいに、役立たずの役人どもを脅してやった。あいつらは僕が部屋に入っていくと、飛び上がって慇懃《いんぎん》にふるまうんだ。そういった力を使うのは面白いけれどね」

息子はそう言って、勝ち誇ったように笑った。

マスターはまた目を閉じた。

「おまえは本当にそれを力と呼ぶのか？　息子よ。おまえは無知な役人に金をつかませたり、つまらないねずみたちを脅すことを力と呼ぶのか？　ああ、なんておまえは愚かなのだ！　カラン」

マスターはカッと目を見開き、息子をにらんだ。

カランは面食らって父を見た。息子には父がなぜ怒っているのか見当もつかなかったのだ。

「どういう意味？」

「おまえは力について、重要なことをわかっていないということだ」

マスターは答えた。

「父さん、僕は父さんの哲学を聞いている暇なんかないんだ」

カランは自分の誇りを取り戻そうとして言った。

「時間がないとはどういう意味だ、えっ、おまえはどうしようもない愚か者か！　おまえにこの施設を任せようとしていたが、おまえには無理だ。今日、私は見たぞ。市場で逃げまわるおまえの言う小さなねずみをな。孤児院に戻して、われわれのために働かせるつもりだったが、なんたるザマだ！　市場で盗みなんぞを働いていた」

突然、朝の事件に触れられ、盗み聞きしていたハキムの胸にはふたたび怒りがこみ上げてきた。

「カラン、おまえにはこの施設を管理する能力もなければ権限もない。みずから獲得しないかぎりはな」

「でも父さん、この施設はもう僕のものだよ」少年は断言した。

「ここがおまえのものだと？」怒りをあらわに父は言った。

「おまえは本当にここが自分のものだと信じているのか！」

マスターは怒りのあまり、息子の前に置いてあったワイングラスを腕で激しくなぎ払った。飛び散ったワインが息子の胸にかかり、彼の白いシャツを汚した。

「な、なにを……」

息子は怒りのこもった目つきで父親をにらみ、なんとか言葉を返そうとした。

「ここは私のものだ、カラン。いいか、ここのすべては私のものだ。たとえ私がおまえのために選んで与えたものでもな」

マスターは間をおいてさらに声を荒げた。

「おまえがそれをみずから獲得するまでは、それはおまえのものでもなんでもないのだ！」

マスターの怒りは激しさを増した。

ハキムはマスターが怒っているのを見てにんまりとした。あのどうしようもないダメ息子はいつもハキムをうんざりさせていたからだ。カランはわがもの顔で孤児院のまわりをほっつき歩き、目についた誰かれとなく、言いがかりをつける。雇い入れた暴漢たちの陰に隠れ、やりたい放題、人々を屈服させてきた。カランを尊敬する者など一人としていなかったが、人々は彼の父を恐れて、仕方なくあのどうしようもないダメ息子に従っていたのだ。

カランは父親のすさまじい剣幕に少し混乱していた。挑発的な態度で椅子にもたれたまま、落ち着きなく何度も位置を直した。

マスターは不信に満ちた目つきで息子を見たが、目の前の哀れな息子を見ていると、さらに怒りがこみ上げてくるのを抑えることができなかった。

突然、マスターは椅子から立ち上がり、テーブルを突き飛ばした。テーブルの上に残っていたコップや皿が、激しい音をたてて床の上に散らばった。カランが唖然として椅子からよろよろと立ち上がり、マスターは部屋の中を歩きまわって怒鳴りまくった。

「おまえに教えようとしたことはだ、カラン！　おまえには手に入れることなどできんだろうが、内から生じる力のことだ。おまえが楽しんでいる権利も、手にしている地位も、真の力とはなんの関係もない。それらは常に移り変わっていくものだから、結局何も持っていないのと同じことなのだ」

そう言って、マスターは真っ直ぐに息子を見すえた。

「もし、おまえから金と地位を奪ったらどうなる？」

両手を大きく突き出し、マスターはつづけた。

「いったいおまえに何の力が残るというのだ？　誰がおまえの言うことを聞く、カラン？　おまえが楽しんでいる力というのは、ほかの人々がそれを支えているから成り立っているだけだろう。そんなものが真の力なものか！

真の力は自分が何を望んでいるのかを知り、それを手に入れるために行動を起こすことから生まれるのだ。それは自己――そう、内なる自己から生まれる。決して、慢心したエゴ（自我）から生まれるのではないのだ、カラン。おまえが真の力をどう利用するかを埋解したとき、あらゆるもの、そしてそれ以上のものが叡智と共にやって来るのだ」

マスターの声が急に低くなった。ハキムはマスターの言葉を聞こうと、ぐっと身を乗り出した。

「私はおまえ自身の利益のため、そして私たちの利益のために言っているのだ。いいか、カラン……。私たちが共に成すこと……そのために真の力について考えろ。おまえ自身の手で自分の運命をコントロールし、望むすべての富を生み出すのだ」

黙って父親の話を聞いていたカランは、いつの間にか恐れもおさまり、今度は目を輝かせて口を開いた。

「父さん、もし父さんが今言ったその知識をすでに知っているのなら、僕に教えておくれよ」

「確かに私は知っている。しかしそれは私だけのものだ。このことはおまえが自分自身で努力して学ばねばならん。誰も、おまえが望む成功を与えることはできないのだ。おまえから生じないかぎりはな。そう、望まなければ行動もない。行動しなければ結果は決してありえない。望みとは、富と力への鍵の一つだ。不幸にもおまえは自分の欲望をほしいままにしてきた。だから、おまえには何かをしたいという望みがないのだ」

マスターは不意に、説明は無用だったとばかりに話をやめた。

「父さん……」

少年が話し出そうとした。

「静かにしていろ、カラン。おまえにも何か学ぶことがあるかもしれん。私もかつてはおまえのようだった。酒とギャンブルの生活にとりつかれ、力——というよりはむしろ力だと信じていたもの——を使って命令を下し、あらゆる自分の望みを召使いに押しつけることにかまけていた」

マスターはしばらく目を閉じて、失った日々を思い出した。

「しかし、私は幸運だった。早い時期に私は富を生み、他人の尊敬を集め、自分の運命を切り開く法則を学んだ。私はこれらの秘密を……」

マスターは一瞬ためらった。

「誰からなの？」すぐにカランが口をはさんだ。

マスターは記憶から思考を引き出すように首をひねった。

「ある人に出会ったのだ」

彼は独特の調子で言った。

「ある村に住む『賢者』と呼ばれる老人に出会ったのだ」

「でも、父さん」

カランがさえぎった。

「父さんは僕が子供の頃から、先生やグルのところへ連れて行ってくれたじゃないか。もう彼らからは科学や経典を学んだよ。どの『賢者』のことを言っているのさ？」

マスターは明らかにイライラして答えた。

「カラン、いいか、おまえは賢者を自分自身で見つけねばならないのだ。その賢者はおまえにだけ見つけることができる。彼の叡智を引き寄せることができるのは、おまえの望みだけだとわからんのか。

私に真の力の秘密を教えてくれたのは賢者だった。おまえは自分で賢者を見つけ出せ、カラン。私たちのどちらもが自分自身のために成さなければならない。どんな黄金よりも価値のある知識という富が、おまえを待っているのだ」

ハキムはバルコニーの手すりにもたれながら、好奇心を募らせていた。

マスターは今ではほとんど囁くように息子に話しかけていた。

「わかるか、おまえの思考や感情はあらゆるものを引きつける力を持っている。おまえの人生において、何かに注意を向ければ向けるだけ、それは人々や状況、物ごとを引き寄せる磁石となる。おまえが自分の力の源を理解し、そしてそれをどう利用するのかを知ったとき、おまえの望むあらゆるものがたやすく手に入るだろう」

マスターは息子をしばらくじっと見つめ、そしてゆっくりと言った。

「おまえはそういった力を扱いたくはないか？」

ハキムは、その途方もない力というものにとてつもない興奮を覚えた。それは、彼が想い焦がれてきた富への鍵であった。マスターは話し終わると、ドアのほうへ向かって歩き出した。

「父さん、それで僕はどこでその人を見つければいいの？」

カランは父の背を目で追いながら、疑い深く尋ねた。そして、間をおいて深く一息ついてつづけた。

「父さんが『賢者』と呼んでいる人のことだよ。その人から学んだことを僕にただ話してくれればいいだけじゃないの？」

マスターは振り返って息子の顔を見つめた。不信に満ちたその声は、あまりにも嘆かわしげにひびいた。この息子に何かを教えようとすること自体が無駄なのだった。

「私は知らんよ、カラン。ただ、今街にカーニバルが来ている。そこから始めてみるのもいいだろう」

マスターは唸るように言い、ふたたびドアへ向かった。

ハキムは突然われに返った。気がつくと、いまやどこにも身を隠しておらず、危ないことにバルコニーから身を乗り出していた。すぐに体を引き戻したが、あまりに慌てて動いたせいで、床板がギギーと音をたてた。彼は唾をのみ、目を閉じて一心に祈った。

「……どうか、気づかれませんように……」

もしかしたら捕まって、孤児院に戻されるかもしれない、そう考えるだけで、涙がこぼれそうになった。

カランは何も気づかなかったが、マスターは足を止めた。彼は何者かが物陰にいる気配を覚えてバルコニーを見上げたが、何も見えなかったのか、ふたたびなにやらつぶやきながら、そのままドアの外へと出て行った。

マスターは息子との会話にばかり心を奪われていて、バルコニーの物音には気づかなかった……が、じつは別のものに気づいていた。マスターの話を固唾《かたず》をのんで聞いていた若者の情熱的な思いと、空中に満ちあふれんばかりの好奇心を、マスターははっきりと感じ取っていた。マスターは賢者の秘密を見つけ出すのが自分の息子ではないことを知っていた。

――可能性を秘めた少年がいる。その力強いエネルギーとするどい好奇心を、マスターはずいぶん前から感じていた。それは若い頃の自分自身の強い意志と決断力を思い起こさせるものだった。

マスターはよく考えたものだ――息子以外のいったい誰が、自分の持つ知恵を求めてきて、自分の影響力を引き継ぎ、広げてくれるのかと。はなはだしく利己的な男であっても、自分の財産を引き継ぐ者とはみずからの成功の秘密を共有したいと思うものだ。マスターはそのような若者の良き指導者になることを望んでいた。

マスターは今、自分の屋敷に忍び込み、近づいてくる存在を感じながら、助言を与えようと招き寄せているのだった。

「よし、いいぞ……」

マスターはひとりごとを言った。

「あいつが来た。素質のある者よ」

4　夜の影

「賢者と力の秘密を見つけ出す」――マスターの話を聞いて興奮を抑えきれぬままに、ハキムは孤児院からつづく道を足早に駆け下りた。マスターの話を耳にしたことで、自分に新たな運命の波が押し寄せてきているのを、ハキムはひしひしと感じた。

今の彼は、今日一日で起こったさまざまな出来事にぐったりと疲れ、盗み聞いたことを反芻《はんすう》して、十分に理解するまでの余裕はなかった。孤児院に囚《とら》われている子供たちを一瞥《いちべつ》しただけで施設をすべり出、人であふれた通りを抜け、橋の下の隠れ家をめざした。

街の通りを十分ほど歩いたところで、道端に座る一人の少年に気づいた。彼はハキムと同じ孤児のようだった。小柄で痩せていて、ハキムよりは明らかに幼かったが、悲しみと絶望の入り混じった表情を浮かべていた。それは、見慣れた街の孤児の表情でもあった。

少年の目には涙がにじんでいた。ハキムは、魂の奥深くから沸き上がってくるものを必死にこらえた。この少年も自分と同じような気持ちでいるにちがいなかった。

ハキムは通りの反対側から少年を眺めた。この街に来てまだ間もないだろう彼に、同情の思いがこみ上げてきた。その怯《おび》えきった孤独な表情を見ていると、助けてやりたい衝動にかられたが、ハキム自身飢えに苦しみ、与えるものなど何一つないことを思い出した。ハキムは顔をそらし、やるせない思いでその場を離れた。


屋台や商店の前を過ぎ、自転車や車のひしめく往来を渡り、曲がりくねった道を行くうちに日も暮れた。やっと橋の下の冷たい暗がりにたどり着き、かびくさい破れた毛布にもぐりこんだ。眠けの波がどっと押し寄せてきてハキムを飲みこむと、極度の疲労から、現実世界が渦を巻いて遠のき、彼は眠りへ落ちていった。

夢の世界に入ったハキムは、別の人間となって夜の冒険へ繰り出した。夜が来ればハキムは、王様や女王様、戦士や情熱的な恋人たちの世界にも入っていくことができた。土地を支配し、彼自身の運命をつくり上げ、歴史をぬり変え、財産だって残すことができた。

夢の中では、望んだすべてを所有でき、富も力も得られ、ハンサムにもなり、尊敬すら集められた。そしてなによりも、彼は愛されていた。こうした幻想は心底ハキムを慰め、癒した。なぜなら、少なくとも夢の中では、彼は富と幸福の鍵を持っていたからだった。

ジャスミンの香りがあたり一円にたちこめ、ナイチンゲールの歌声が聞こえた。暗闇の中から忽然《こつぜん》と何ものかがその荘厳な姿を現わしたとき、ハキムは隠れ家の隅に毛布にくるまるようにして眠っていた。彼女の全身は頭から足首まで緑色のショールですっぽりと覆われていた。ほっそりした顔は、上品だった。右手の小指に輝く緑色の石のついた指輪をのぞけば、化粧もしていないし、宝石もほかには身につけていなかった。彼女は周囲の闇に光をもたらし、暗闇を塵のように風の中へと吹き散らした。頭に編み籠をのせた彼女は、音もなくゆっくりと、寝ている少年に近づいた。

ハキムを祝福し守りたい、彼女はそう思った。ハキムを見下ろす眼差しは、まるで彼をよく知っているかのように優しく、温かかった。それは、ハキムはおろか世界中の誰もがいまだ感じたことのない深遠な眼差しだった。彼女の目は、慈愛と憐れみの涙をたたえていた。

彼女は引き返し際にふと立ち止まり、頭上の籠を下ろして、大きな緑色のマンゴーを手にした。そして静かに腰をかがめ、寝ている少年のそばにそっと置き、最後にその小さな体をひと目見て、橋の陰から混雑した街へ消えて行った。

夜明け前の静寂な時刻、ハキムは夢を見ていた。

輝きわたる青空のもと、彼は神々《こうごう》しい宮殿に住む王様だった。優雅な長いローブを金の刺繡の施された帯でしめ、清潔な大理石の床を重々しくゆったりと歩いていた。中庭に出ると、何千人という観衆が歓呼で彼を迎え、崇敬の対象として頭を垂れた。大勢の召使いがまわりに仕え、ある者はワインや肉料理を差し出し、ある者は王様が汗をかかぬよう、暑さから守るために扇であおいだ。

ハキムは中庭を抜け、目を奪われるほどに大きくて壮麗な、天井の高い部屋へ入った。不規則に広がったタペストリーがロイヤルオークの壁に掛けられている。

次の瞬間、彼は長テーブルのいちばん奥に座り、ローストチキンの豪華な料理を目の前にしていた。どこから現われたのか、踊り子が踊りだし、突如、まわりに現われた大臣たちの酔っ払って笑う声が、ハキムの周囲に沸き起こった。

左側の壁には、奥へ向かって肖像画がずらりと掛けられていて、歴代の王が厳格な容貌にふさわしい金の王冠を戴いていた。ハキムは自分の肖像画を探し、自分に似た顔があると、じっくりとそれを調べた。ほどなく彼は、自分の肖像画を見つけた。額の中のハキムは王族のローブをまとい、王権の象徴であるダイヤモンドのちりばめられた笏《しゃく》を持っていた。

つぎの空白だった額に目を移した瞬間、突然そこに肖像画が浮かび上がった。それは王族の美しい装飾を身にまとった、ハキムではない別の王様のものだった。すると、にわかに周囲の笑い声は消え、ハキムを称賛する者たちは、彼のまわりから忽然と消えてしまった。静寂の中、たちまちハキムはまったくの一人ぼっちになってしまった。

気がつくと、中庭に戻った自分が観衆の中にいて、擦りきれた茶色の亜麻布のシャツを着て立っていた。顔を上げると、大理石の宮殿から現われた新しい王様が、大勢の観衆の注目を浴びているところだった。ハキムはもはや注目の的ではなく、さっきまで身につけていたはずの、王の権力の象徴である笏は、もうどこにもなかった。青空はにわかに闇夜に転じ、ハキムはすっかり孤独の身になっていた。

目を覚ましたハキムは、一つのことに考えついた。

「賢者と力の秘密を見つけに行く」――賢者を探し出し、彼の秘密を学べば、あらゆる富と人々の尊敬を手に入れられる。長年思い焦がれてきた幸せだって見つけられるかもしれない。ハキムはその秘密が、その叡智が、自分のものになると心の底から信じこんだ。

もう十分すぎるほど長い間、愛のない孤独に苦しんできたのだ。

「……自分にはなぜ、ホテルの客のような、あの赤レンガの学校に通っている、裕福な子供たちのような生活が手に入らないのだろうか？　そして、マスターはなぜ、どうやって彼の言っていた力を手に入れることができたのだろうか……」


ハキムは急《せ》かされるような思いで、街から出ることを決めた。賢者を探し出すのだ。

ハキムはマスターとその息子の会話を思い出した。父親が真の力について話しているときの、あのカランの貪欲《どんよく》な笑みと目の輝き。自分の魂の深い部分にも、カランと同じ貪欲の種があるとは考えたくない。しかし、たとえあっても、カランのように卑劣で利己的には決してなりはしない。富と幸福の秘密を知りさえすれば、その知識を街の孤児たちと分かち合い、富を多くの人に分け与えることができる。

次の瞬間、ハキムは橋の下の、汚いながらも唯一自分の城である隠れ家を飛び出した。この街の通りから遠く離れたところに賢者はいる。賢者に会いさえすれば、自分の運命を変えることができるかもしれない。

5　心の魔法――マジシャンのマロニー

ハキムは街にやって来ているカーニバルのことを考えた。賢者を探すにはカーニバルから始めてみるのもいいだろうと、マスターが息子のカランに言ったのを聞いていたからだ。それはマスターがよく飛ばしていた冗談の一つだったかもしれない。しかし、カーニバルの人たちがインドの多くの町や村を巡業して回っていることはまちがいない。だとすれば、カーニバルの中の誰かが、賢者探しを助けてくれる可能性だって否定はできないはずだ。

ハキムは混みあう通りを横ぎり、歩行者や自転車、オートバイの間を縫うように抜け、ついに、水平線を背に現われた巨大な紫色の大観覧車の下にたどりついた。大観覧車を見て乗りたい衝動にかられたが、ハキムは目的の重要さを自分に言い聞かせた。

色とりどりに塗られたトレーラーが、遊園地のあちらこちらに停まっていた。遊園地といっても、もともと砂浜に一時的に設置された移動遊園地なのだ。子供たちの笑い声、キャーキャーと騒ぎたてる声が聞こえた。

ハキムは、巨大な黄色のトレーラーの外にできた人だかりへ急いで向かった。中をのぞくと、金色の星と半月が刺繍された、長い青色のローブを身にまとったマジシャンがいた。長くて白い髪がとがった帽子から流れるようにサラリと肩に垂れ、同じく長くて白いあご髭は、いかにも賢者らしく見えた。

トレーラーの壁面には、銀色の星の形をした装飾とフラワーアレンジメントが掛けられ、窓は黒いシートで覆われていた。マジシャンは、背もたれのない椅子に腰かけ、小道具に囲まれながら、帽子からウサギを出し、子供たちの耳からコインを出したりと、ありふれた手品をしていた。

小さな子供たちは笑っていたが、少し上の子供たちとなると、見慣れた手品にはほとんど反応を示さなかった。それでもマジシャンは気に留める様子もない。小さな少年がマジシャンのすぐそばまで近寄っていくと、マジシャンは少年の耳元にすっと手を伸ばした。そして握りこぶしを作り、ぱっと手を開いて、銀色のコインを出してみせた。

「アーハーハー！」マジシャンはおどけながら言った。

「もっと近くに寄って来な。そしたら、特別料金をいただいちゃうよ」

子供たちは手品を見てクスクス笑っていた。マジシャンは道具箱に手を伸ばし、陶器でできたカラフルなお面を取り出した。そのお面は顔の半分は白、もう半分が黒で、目の部分は銀色のラインで縁取られ、くり抜かれている。突き出た鼻の下には唇が赤く塗られている。

「た〜くさんあるお面、た〜くさんある顔の一つだよ」

マジシャンはお面を顔の前に当て、当ててはパッと横に投げて、つぎからつぎお面を替えていった。

「ぜ〜んぶ違うお面だよ。ぜ〜んぶ違う顔さ。でもこのお面の下の僕たちは、み〜んなおんなじ存在なんだ。さあ、これこそ本当のマジックさ！」

彼はニコッと歯を見せて笑った。観衆はわけがわからず、感銘を受けた様子もなかった。

マジシャンは観衆の不満も意に介さず、その目をハキムにすえて、愛情をもって微笑んだ。

そして、最後のしめくくりに、大声で若い観衆に言った。

「つま先の間の砂が気持ちいいだろう。子供たち！　お父さんとお母さんを砂浜に連れておいで。靴を脱ぐことを忘れちゃいけないよ」

マジシャンは観衆が去っていくなか、素早く自分の所持品を荷造りしはじめた。

ハキムはマジシャンに近づいて、礼儀正しく話しかけた。

「すみません、もしよろしければ教えていただきたいのですが……えっと……僕は『賢者』と呼ばれている老人を探しているのです」

「僕の名前はマロニー。ウェールズの出身さ。アイルランド人でもスコットランド人でもない。そしてまちがってもイギリス人ではない。僕はウェールズ人さ」

「あの……あなたはもしかしたら……」

ハキムが言いかけるとマロニーがさえぎった。

「僕のことを頭のおかしなやつと言う人はいるよ」とマロニーは笑って言った。

「僕と一緒に来るといい。もしかしたら見つけることができるかもしれない……」

マロニーはハキムに視線を向け、ちょっと間をおいて、目に笑いを浮かべて言った——

「君が探している『賢者』をね」

ハキムはマロニーについて行くことにして、カーニバルの雑踏の中、人ごみの間を進んだ。しばらく行くと黄色いテントの前でマロニーが立ち止まった。

「うん、ここは十分に役目を果たしてくれるはずさ」

ハキムの横でつぶやいたマロニーの声は、やわらかく優しかった。彼の目は、オレンジや紫色に彩られた西の空の色を映して、きらきらと輝いていた。

ハキムはマロニーについてテントの中に入った。中はほとんど真っ暗で、今もしマロニーに去られたらどうしようもなかった。それでもかすかな明かりをたよりになんとか前へ進むと、しばらくして正面に鏡の壁が見えた。

「僕は、君がここに来るかどうか、気になっていたんだ」

マロニーは、目の前に置いてある鏡に向き合うようハキムにうながし、後ろに数歩下がって、どこからともなく出現した椅子に腰を下ろした。

ハキムは突然周囲を覆った静寂に意識を集中させた。注意深くカーニバルの音に耳を澄ませたが、どんなに耳をそばだてても、ハキムには物音一つ聞こえない。あたりを見まわすと薄暗くぼんやりしていたが、広い空間があることだけはなんとかわかった。ハキムは自分が入ってきたテントの中に、どうしてこんなに広い場所あるのだろうかと不思議に思った。

「テントの中の広さは、僕たちが入ってきたときと変わらないはずだと君は思ったね」

マロニーはハキムの思っていたことを繰り返すように言った。

「空間と時間は幻想なのさ。いいかい、心というのは偉大なマジシャンなんだ。トリックを仕掛けるのがとても好きで、特に僕らのように、夢を見ることや、夢を実現することに限りがあると思いこんでいる人に仕掛けるのさ――僕にはね、なすべき仕事があるんだ。それはすべての人に本当のマジックを思い出させること……」

マロニーは含み笑いをしながらつづけた。

「僕らのまわりには純粋な可能性があるだけなんだ。そしてその純粋な可能性こそが、僕たちを形づくっているものでもある。心には限りがなく、人が思うよりもずっと遠くへ広がっている。一度この真実を理解してしまえば、なんてことはないのさ。すべてはそこにあるのだからね」

彼はそう言うと、指でハキムの胸をトントンと叩いて笑った。

「どうだい？　これぞまさしく本物のマジックだろう？」

マロニーは鏡の中のハキムを指さした。そこにはハキムがよく知っている痩せた格好とはかけ離れた、ずんぐりと太った自分が映っていた。

ハキムが鏡に映ったトリックを見るのは実は初めてではなかった。彼がもっと幼かった頃、こっそりと孤児院を抜け出しカーニバルに行ったことがあった。露店やテントを歩きまわり、気づかれないように急いで帰ってきたのだった。

「これは君かい？　今見ているこれが本当の君かい？」

ハキムが振り返ると、白いあご髭をいじりながらマロニーが後ろでクスクス笑っている。

「それでは……」マロニーはゴホンと咳払いを一つし、眉を上げて言った。

「これはどうかな？　少年よ」

ハキムが鏡を見つめると、鏡の中から見つめ返してきたのは、今度は背が高く痩せこけた男だった。

「さあ、今見ているのは、君自身かい？」

マロニーが無理に答えさせようとしているように感じて、ハキムはだんだん苛立ってきた。

「……明らかに違う。僕じゃない。何だ、これは子供のためのただのお遊びじゃないか……」

ハキムが心の中でぶつぶつ言うと、

「はい、はい……じゃ、今度は？」とその声は容赦なくハキムに鏡を見させた。

「これは君自身かい？」

今度はマロニーが笑いながら言ったので、その笑い声につられてハキムもふっと笑みをもらした。

ハキムは鏡に映った姿を間近に見た。確かにそれは今見ている自分だ。口、幅の狭い鼻……つぶさに観察した。ハキムは自分の顔をそれほど熟知していないことに気がついた。

「確かに君は、数年前このカーニバルに来たね。そして僕はウェールズにいた」

安らぎをふくむような声だった。

「しかしどうだろう？　今の顔は、そのとき見た顔と同じかい？　それとも、君が初めて鏡をのぞいたときと同じ顔だろうか？　夢の中で、君はどの顔を見る？　もっともっと歳をとって経験を積んだとき、君はどの顔を身につけていたい？　君が身につける顔は、芝居のなかの登場人物のようなものなのさ。でもいいかい、それら登場人物の製作者は君自身なのだよ」

その声はさとすように優しく、彼自身の遠い記憶に触れるようで、ハキムは穏やかな気持ちになった。

「君はこれから出会う人に、ただ尋ねればいいのではない。なぜなら、君は彼らの仮面の一面を見ているにすぎないからだ。尋ねるのなら、正しく本質を見ている人に尋ねるべきだ。

でも本当は……君はすでに知っている人を探しているのだ、少年よ。君は探している人が内にいるのに、外を探しているのさ」

静寂が支配した——。
ハキムには数秒が何時間にも感じられた。気がつくといつの間にか鏡は消えていて、マロニーのみならず、彼が座っていた椅子までも霧のようにかき消えていた。ハキムは注意深くあたりを見まわした。テントの中は相変わらず薄暗かったが、最初から何もなかったようにがらんとしていた。

テントの脇をそよ風が吹き抜け、土ぼこりが舞う。ハキムが急いでテントから出ると、マロニーが何もなかったかのように、フードスタンドに寄りかかってサンドウィッチを食べていた。

6　幸運の種――物語りの老人

テントで起こったことについて、ハキムはマロニーに尋ねようとした。しかし、マジシャンのまわりにはたくさんの子供たちが集まって、手品を見せてほしいとねだっていた。仕方なくハキムがつぎの行き先を考えていると、少し離れたところに小さな人だかりができているのが見えた。

目をこらすと、その中に一人の老人の姿が見えた。ハキムは老人が何を言っているのかが気になり、足元の砂を踏みしめ、足早に近づいた。

彼がマスターの言う賢者だろうか？　ハキムは思った。

老人は痩せて、頬や目元が落ち窪んでいた。腰は九十度に、座位の体勢のまま折れ曲がっている。頭は禿げ上がり、服は泥にまみれて擦りきれていた。

老人の膝に置かれた小さな茶色の椀には何も入っていなかった。彼は物語を語ってきかせることで、その椀をいっぱいにしようとしていた。老人は周囲の注意を引くために、力強く咳払いをして観衆を見渡すと、ハキムに視線を合わせてゆっくりと話しはじめた。


「この物語は、遠い昔の二人の農夫の話じゃ。二人の農夫は、天界の王様インドラ様のために働いておった。男たちは王国のために、穀物を栽培し収穫することが自分たちの務めだと理解しておった。二人はインドラ様に直接仕えていることに感謝し、そして、ぜひとも喜ばせたいと思っておった。

ある日のこと、インドラ様は二人の農夫を王宮に呼んで言われた。

『一年後、皆を集め、会合を持ちたいと思うておる。そのときに、おまえたち二人に最高の穀物を持ってきてほしいのだ。向こう一年、一つの目標に集中するように』

二人は王様のお役に立てることを喜び、それぞれの農場に戻り、すぐに仕事にとりかかった。

一人目の農夫は、農場に到着すると古い作物をすべて抜き取り、畑の土に千粒もの種をまき、雄牛を引いて水桶千杯もの水をやった。

二人目の農夫は、農場に戻ると、家の脇の小さな畑に一握りほどの種をまき、生長を願って少しの水をやった。

日が経つにつれ、一人目の農夫は自分の植えた作物がだんだんと心配になってきた。一日中、作物の手入れをし、雄牛を何度も畑に引きたて、余分に水を与えた。彼は作物を見つづけ、すべての種の発育の状態を心配しておった。

どうやったらインドラ様に喜んでいただけるのだろうか？　失敗はできない。彼はそう考えたんじゃな。夜中でさえ、彼は自分の作物の夢を見た。残念ながらそれは失敗する夢ばかりじゃった。夜中に目が覚めると汗でびっしょりになっておった。そこで彼は気を奮い立たせたんじゃな。もう恐れないぞ、もっと一所懸命がんばるぞとな。しかし、それでもなお、恐れは彼の心から離れることはなかった。

一方、二人目の農夫は、彼自身の手法を貫いた。毎朝玄関を出ると、小さな畑に少しの水をまく。畑の大きさも畑にいる時間も、最初の農夫とは比較にならんので、周囲の人々は口を揃え、あいつはおかしくなったんじゃないかと訝《いぶか》ったそうじゃ。この様子では、インドラ様の逆鱗《げきりん》に触れるぞとな。それでも彼は、種たちにやさしく語りかけ、歌すら歌って聞かせた。夕方になると、心からの感謝の気持ちで、自分の庭におやすみを言いに行った。夜は平和に眠った。作物が確かに育っていることに満足してな。

そしてついに、約束の一年が過ぎ、二人の農夫は王宮に呼ばれたのじゃ。二人が王様の前に立つと、王様は二人に向かって言われた。

『会合は明日となったが、二人とも準備はどうだ？』

とたんに、一人目の農夫は震えだした。

『準備はできておりません、王様』

彼はほとんど泣き出しそうじゃった。罪悪感と恐れで、すっかりやつれておった。

『一所懸命やったのです。作物から一日と目を離さずに。でも、なぜ何も育てられなかったのかわからないのです。どうかお許しください……』

彼は懸命に懇願した。

インドラ様は二人目の農夫を見て言われた。

『おまえはどうだ？』

『私の兄弟に分けてください、王様。ありがたいことに私にはたくさんの収穫がありました。私のものを半分彼に分けてよろしいのでしたら、私たちは二人揃って存分にお仕えすることができます』

インドラ様は二人の農夫に向かって言われた。

『不思議だが、面白い。私の優秀な二人の農夫たちが作物を育て、なぜそんなに差が出るのか？　それぞれどのように仕事をしたのか言ってみよ』

そして、一人目の農夫は自分の一年を物語った。

『初日、私は農場を耕し、千粒の種をまき、水をやりました。毎日畑を監視し、生長の印を探しました。でも、なぜかはわかりませんが、育たなかったのです』

インドラ様は二人目の農夫にも話を聞かれた。

『初日、私は一握りの種をまきました。私は、彼らを子供の世話をするのと同じように育てました』

インドラ様はさえぎって言われた。

『それは、どういうことだ？』

農夫はつづけた。

『私は作物の一つ一つを、愛情をもって育てました。彼らが必要とする最低限の水や栄養を与え、あとは自然に任せて放っておきました』

一人目の農夫は驚き、二人目の農夫に向き直って言った。

『なぜ、自分の畑を放っておいたりしたのですか？』

『手放したあとは、母なる自然が育ててくれたのです』

二人目の農夫は言った。

『親は子供たちが大人に育つまでの間、すべての時間一緒にいることも、ずっと見ていることもできません。生命が育ち、栄え、広がっていくのは当たり前の姿です。生長のための適切な条件が整えば、作物が実るのは当然の姿です。私は自分の作物たちに彼らの必要とするものを与え、あとは母なる自然の力を信じました。彼女がやってくれることを信じてさえいれば、彼女はいつも私たちを助けてくれるのです』

『でも、私は千粒の種をまいたが、あなたは一握りの種だけだった。それはどういうわけですか？』

一人目の農夫が言うと、インドラ様があとをつづけた。

『おまえは、たかが一握りの種では足りないのではないかと、心配にはならなかったのか？』

『私は長い間、そして今でも農業の研究生です』

二人目の農夫が言った。

『私の父は農夫でした。そして、祖父もまたそうでした。私はそれぞれの種の中には豊穣《ほうじょう》さの無限の可能性があると学んできました。一つの作物が実り、果実を生み、そしてその種たちは、もっとたくさんの実をつける作物を生み出します。それぞれの作物は種《しゅ》の存続のために必要以上の種を生み出します。そのようにして際限なく富んでいくのです。種をまいたとき、私はその豊穣さに期待しました。彼らの豊穣さを分けてもらえることに感謝し、無限の豊かさを持つ作物を育てていると知っていたのです』

『しかし私は、自分の作物が育っていないのを見て恐くなった』

一人目の農夫は言った。

『あなたには、自分の育てている作物が育たないという心配はまったくなかったのですか？』

二人目の農夫が答えた。

『恐れが私の作物の生長の役に立たないことを知っていたのです。恐れは、ただ私たちが恐れているものを引き寄せ、引き起こすだけです。それを知っていたからこそ、私は作物を心から愛し、感謝をもって育てることを選びました。愛は恐れを追い払い、感謝は愛を生かしつづけるのです。愛のあるところに、恐れがとどまる場所はありません。もし私が幸せな男でなかったら、インドラ様、私はあなた様に十分にお仕えすることができないのです』

一人目の農夫がふたたび口を開いた。

『今、私は作物たちに注意を払いすぎることで、自分に恐れを持ち込んだのだと知りました』

彼はインドラ様を見上げて言った。

『あなた様のお役に立てなかった私めに、なんなりと処罰をお与えください』

すると、インドラ様は男を見下ろしてこう言われた。

『この一年、おまえも十分に苦しみ悩みつづけたのであろう。日が経つことを恐れ、過ぎた日々に罪悪を感じていたのだな。ここに、まだ種がある。これでさらに学び、よい未来への機会の種とするがよい。明日の会合に、おまえたち二人を招待しよう』

老いた語り手は話をやめた。何人かの聴衆が、すでにコインや紙幣を老人の椀の中に落としていた。一人また一人と、ほかの者もそれにつづいた。彼らは皆貧しかったが、与えることのサイクルを理解していた。与えることは受け取ることになるということを。

ハキムは老人に与えるものなど何もないことをわかっていながら、ポケットに手を突っこんだ。素早くその場から離れることも考えたが、そうすることで罪悪感につきまとわれることも知っていた。

老人はハキムに言った。

「いいから、こっちに来て座りなさい」

ハキムは、語り手が自分に話しかけているのを確かめるようにあたりを見まわした。ほとんどの見物人はすでに立ち去っていて、マロニーもいなかったが、気にならなかった。どういうわけか、時が来れば、マジシャンはまた現われる気がした。

ハキムは老人に近づき、そばに座った。

「おまえは与えるための金を持たんでもよい」老人は言った。

少年は、老人の顔を見つめて言った。

「でもほかに何もないのです」

ハキムは両手をポケットの奥深くに突っこんで、底から何かが出てこないかと期待した。

「子供よ……」老人は口を開いた。

「何が与えられるかと自分のポケットを探すでない。おまえの心に探しなさい。物語を語るためにわしがここへ来たように、おまえにはおまえだけの特別なギフト、つまり特別な才能があるのじゃよ」

「僕にはそれがなんなのかわからないのです」

ハキムは心からそう言った。

「では、心の中を探るがよい、子供よ。そしてそこに静寂があったなら……おまえは道の途中におる。そして、本当に最も幸運な者じゃ」

ハキムは老人の「道」という言葉が気になった。

「……道ってどこへ？　誰かを探す道ということ？」

「静寂は創造の母じゃ、子供よ。それはすべての行動の合間の、静かな場所に存在するのじゃ」

ハキムは混乱して、老人の言葉に割って入った。

「待ってください、よくわかりません。静かであることから何を創造できるというのですか？」

　老人は声の調子を変え、ゆっくりとかむように話しかけた。

「静かにしておるとな、心臓の鼓動を感じることができる。そうじゃろう？」

　ハキムはうなずき、老人はつづけた。

「そしてそのまま両耳をふさぐと、おまえの心の音も聞こえるかもしれん。じゃがな、もっと重要なことは、心が導く声に耳を澄ますということじゃ。もしもわしらがいつも活動的で、世界の雑音ばかりを聞いておったら、心がわしらを導いてくれるという大切なことを忘れてしまうのじゃよ。わしらの創造性の源がどこから来るのか——そう、それが静寂であることを」

　ハキムは語り手の言葉の一つ一つに魅かれた。

　彼はとても分別のある人だと、ハキムは思った。

「静寂によって、まず心とつながることができる。そしてさらに、その心が大いなる慈愛の心や宇宙の叡智と結びつくのじゃ。なぜ心の中に静寂があれば幸運なのかといえば、静寂の中でこそ、おまえは心の声を聞くことができるからじゃ。そのとき、おまえは何を与えるためにここにいるのかを知ることになるだろうからの」

ハキムはゆっくりとうなずいた。老人の言葉を十分に理解できたわけではなかったが、老人の言った言葉の中に真実がある気がした。

そのとき突然、マロニーがハキムのそばに現れた。

「そろそろ行かないか？　次のショーがあるんだ」

ハキムがマロニーを見上げ、お礼を言おうと語り手に向き直ると、すでに老人はカーニバルの人ごみの中へまぎれこむところだった。老人をしばらく目で追ってからハキムは立ち上がり、マロニーの後について行った。

カーニバルの雑踏を進みながら、マロニーは口を開いた。

「僕たち一人一人が自然が奏でるシンフォニーの中にいる――そのことに気づけばいいのさ。そうすれば僕らは自然の歌に調和しながら生きることができるのだからね」

マロニーは振り返ってハキムを見た。

「この世は無限の力が作用しているのさ――僕たちに有利な力もあれば、残念ながらそうでない力もある。だけど、これらの力について理解を深めると、僕らは自分の運命を自分でつくることができる」

彼は歯を見せて笑った。

「おいで、見せてあげよう」

7　運命の予言――タロット占いのラミア

マロニーとハキムがテントに入っていくと、若いアジア系の女性がマロニーのウィンクを受け止めた。ハキムは黒いクロスのかかったテーブルの上の、彼女の小さな手を見つめた。色白で痩せた彼女の右手の小指には、緑色の石がきらめいていて、細い眉の下で輝く彼女の黒い瞳が、その石のきらめきを映していた。長い黒髪は肩へ流れ、華奢《きゃしゃ》な背中にこぼれている。

彼女はマロニーのウィンクに、素早くウィンクを返し、そのまま温かい眼差しを少年に向けた。そしてテーブルの向かいに座る若い女性に改めて集中し、おもむろに口を開いた。

「私はラミア。霊媒師でも星を読む者でもありません。ただ、あなたが選んだカードだけを読むことができます。物質ではない存在が、この宇宙の内なる動きを統制しています。あなたがこのタロットから選ぶカードは、あなたの人生の過程を形づくっている隠れた要素を引き出し、克服すべき障害や学ぶべきレッスンについてのストーリーを教えてくれるでしょう」

何も置かれていないテーブルクロスの上で両手がサッと動くと、テーブルにロイヤルブルーのカードが広がった。ラミアの向かいに座っている女性からは、静かな息づかいが伝わった。

「あなたの運命を選んでください」

ラミアの声が向かいの女性をうながす。

「あなたは自由にカードを選択することができるのです。そして、同じようにあなた自身の運命もね。このカードの山の中から六枚のカードを引いてください」

女性は思いきって山の真ん中あたりから一枚目のカードを引いた。しかし二枚目以降はだんだんためらいがちになった。

ラミアは女性が引いたカードを上段に三枚横並びに並べ、その下の段に二枚、一番下の段に一枚と、順に並べた。

ラミアはしばらくの間カードをじっと見つめ、まるで何かをほのめかすようにハキムを見、それから向かいの女性に向き直って尋ねた。

「何をお知りになりたいのですか？」

女性は静かな調子で答えた。

「私の夫は農夫で、私たちには三人の小さな子供がおります。私たちは今年、生活のために収穫物がたくさん必要なのです。今日はそれを知りたくて、田舎からやって来ました。もし収穫物がとれないと……」

「ええと、そうね」

ラミアが囁くように返した。


一番上の列は「隠者」、「皇帝」、「悪魔」のカードだった。

「一番上の列は現在の物ごとの状態を表わしています」

彼女は注意深く一番目のカード、「隠者」を見た。

ハキムは身をのりだし、耳をそばだてた。もしかしたら、このカードが自分にとっても何か意味のあるメッセージを運んでくれるかもしれない。さらには、賢者を見つける旅にも導いてくれるかもしれない。

「『隠者』は物質世界の活動から離れ、孤立していることを意味しています。静かに熟考する期間……。もし自分の内を探しても答えが見つからない場合は、外を探しても決して見つかることはないでしょう」

向かいの女性は真剣な面持ちで聞いていた。

「『隠者』は静寂を求める者。孤独の中で『隠者』は大衆を知り、無限を知る……。慎重になったほうがいいでしょう。妨害する物や人、敵さえもいるかもしれません」

ラミアはカードから女性に視線を移して言った。

「恐らく、同業者ですね。新しいことを始める前に、今までに学んだことをもう一度見直したほうがいいでしょう」

彼女は再度視線を落とし、目を細くしてカードを見た。そして今度は、向かいの女性をはっきりと見すえて言った。

「多分、ご主人はすでに種をまいていらっしゃいますね」

女性は質問に答えるようにうなずき、ラミアもうなずいた。

「そう、それならいいでしょう」

ラミアは二枚目のカード、「皇帝」に目を移した。

「この世の、力への道は鍛錬を要求しています。もし適切に鍛錬を行なうならば、その結果、あなたの求めるどんな技能にも熟達することができます」

ラミアは少し間をおいて、ふたたび農夫の妻を見た。

「ご主人がもし成功したいのであれば、我慢強く、農業の研究をすることが必要でしょう」

女性はうなずいた。

ラミアは上段の最後のカード、「悪魔」を読んだ。

女性はそのひびきにぞっとしたようだった。ハキムも神経質そうに足を揺すった。

『悪魔』のカードは自分の夢を捨て、私たちの本質を忘れてみたいという衝動を表わしています。ときに私たちは、夢を描き前向きに生きようという意欲的な姿勢から、現実的な後ろ向きの姿勢へと変わってしまいます。これが『悪魔』の誘惑なのです。『悪魔』は私たちの到達し得る高いところから、私たちを引き降ろそうとするのです」

ラミアは女性を上目づかいに見た。

「おそらく、ご主人は今までに扱ったこともないような、かなり生産性の高い作物を狙ってらっしゃるのではないですか？」

女性はやましさを感じるように、控えめな笑みを返した。

「二段目は未来の状況を表わしています」

ラミアは優しく言った。

ハキムは二段目のカードに目をやった。

「戦車」と「太陽」のカードだった。

「『戦車』の意味するものは旅です。旅はしばしば純然たる循環、初めに戻ってくるという状態を意味します。一つのものが終わり、そこから新たなものが始まるということは、決して変化がなかったということを意味するものではありません。変化は自分の中に起こっているのです」

ラミアの声が慎重になった。

「『戦車』は非常に混乱した状態にあなたを置くことで、あなたをテストするかもしれません。どんな些細な進展も悪の注意を引いてしまいますので、気をつけてください」

彼女は農夫の妻を見た。

「ご主人は繁栄を追求することで、他人の注目を引き寄せているのかもしれません。誘惑はいたるところにひそんでいます。強く、断固たる意志を持っていなければ、力に対し、まちがった使い方をする誘惑にかられます。しかし、正しく力を使うことによって、望むものがもたらされるでしょう」

農夫の妻の顔がふたたびほころんだ。

旅、繁栄、力、誘惑――二人の会話の中に出てきたキーワードが、ハキムの頭の中をぐるぐる回った。力の秘密を探すために始まった自分自身の旅について、今ハキムは考えていた。

　力に対し、まちがった使い方をする誘惑にかられます……

その意味を確かめるように、心の中でゆっくりと繰り返した。あのマスターは明らかに自分の力をまちがって使っていた。しかしハキムには、マスターが力をまちがって使うことによって、どのように苦しんでいるのかがよくわからなかった。

「……ひょっとしたら、マスターは彼の望んだすべてを手に入れていないのだろうか……」

ラミアと眼があった。憂《うれ》いのこもる声がした。

「利己的な目的のために、あなたの心を揺さぶろうとしている人たちがいます。でも、覚えておいてください。あなたをいつも守り、導く存在がいます。その存在はあなたが正しい選択をするように助けてくれるでしょう」

ラミアは間をおいて、自分の言葉を確かめるようにつづけた。

「『太陽』のカードはあなたたちの進展を祝うものです。『太陽』は癒しと光を意味します。また、あなたの今回の旅が、癒しの旅であることも伝えています。ちょうど弟子たちが神々を求めて巡礼の旅に赴《おもむ》くように、魂は光を見つけるために努力しようとするでしょう。これが『太陽』のカードの意味するところです。ご主人の作物も、注意深く気を配ることで想像以上の結果をもたらします。『太陽』はあらゆるレベルでの健康と富を約束します」

最後のカード、「宇宙」を見ると、ラミアは少し微笑んだ。

「これはあなたにとってはとてもいいカードです」

農夫の妻は遠慮がちに笑みをこぼした。

「これはあなたが選んだ運命なのです」

ラミアは横目づかいにハキムとマロニーを見ながら言った。

「『宇宙』のカードはあなたの旅の結果を示しています――すべては思うがまま」

彼女は少し間をおいてつづけた。

「宇宙は統合体なのです。個人と宇宙の目的の統合。個人と宇宙が一致協力するとき、成功はあらゆる活動の自然な結果となるのです。つまり……」

彼女は農夫の妻を見て、微笑みながら言った。

「とてもすばらしい収穫物ですね」

農夫の妻は安堵の息をもらすと、よろよろと椅子から立ち上がり、素早く手荷物をまとめた。

「ありがとうございました……ああ本当にありがとうございました、主人もさぞ喜ぶことでしょう」

そう言うと彼女はテントから急いで出て行った。ラミアの視線は彼女を追う代わりに、入り口に立っているハキムへ向けられた。

ハキムは、自分がこの神秘的な女性にすっかり引き込まれていたことに突然気がついた。

彼女の視線が自分に向けられているのを知って、顔が真っ赤になったのを感じた。

「行こう」

マロニーはハキムの肩に手をかけ、テントの外へうながした。カーニバルは賑わいも去って、空は深い青色へ変わりつつあった。海に向かうにつれて、打ち寄せる波の音がしだいに大きくなった。

「ウェールズ人のカーニバルは最高さ。そしてこのすばらしい日々は決して終わらない……僕は明日移動するよ」

マロニーは穏やかに言った。

「僕はどうすればいい？」

ハキムは心配になってマロニーに尋ねた。

「心に聞いてごらん、そうしたら何をすべきかわかる。君が何をするのかは、君が何者なのかによるのさ」

マロニーは笑って、ハキムの胸を指さした。

「自分の心に耳を澄ますことができれば、そこにはたくさんの叡智がある。そして、自分自身が何者かを理解することができれば、そこにはたくさんの喜びがあるのさ。静寂に身を置くことだ、ハキム。そうすれば、自分が宇宙交響曲を奏でる一つの楽器だってことに気づくよ。静寂を自分の内に見つけることによって、ハーモニーの中に融けこむんだ。そうすれば、自分を通して自然の力が働いていることを感じるだろう。それこそが君を導いているんだよ」

ハキムは海に向かい、岸に当たっては砕け散る波しぶきを見つめた。

——振り返ると、そこにはもうマロニーの姿はなかった。しかし、なぜかハキムは気にならなかった。ただ急に疲れを感じ、とりあえず寝る場所を見つけることだけを考えた。ハキムはできるだけ大きい乾いた岩を選ぶと、その滑らかな岩の表面に体を丸くして縮こまり、そのまま深い眠りへ落ちていった。

ラミアはテントから出て、目の前に広がる砂浜を見つめた。その眼差しは愛情と思いやりに満ち、手には六枚のカードが握られていた。彼女は心配そうにカードに目を落とし、一枚めくった——「戦車」、旅。つづいてもう一枚——「宇宙」、すべては思うがまま。

彼女は最後に寝ている少年を一目見やると、カードをポケットにしまってテントへ戻った。

静寂が夜の涼しい空気を運んでくる頃、つい先刻までラミアが立っていた場所に、別の人影があった。カーニバルの設備を撤去し、清掃をする作業員たちに混じって男は現われた。その背の高い男は、宝石のように輝く目を持ち、闇から抜け出してきたように姿を現わした。

マスターだった。彼はお菓子売り場にいる子供のような笑みを浮かべていた。前の日の晩、彼はあふれ返るエネルギーを抱いて眠りについた。ダイニングいっぱいに満ちた興奮のエネルギー。それはほかでもなくハキムに向けられたものだった。朝起きたら、カーニバルに出かけることに決めていた。それというのも彼が期待したとおりの驚くべきことが起こっていたからだった。

彼の子供たちのうちの一人、市場で横柄な態度を見せたあの少年が、賢者の秘密を求めて旅に出たのだ。

ハキムの若さゆえの純真さに、笑いがこみ上げてくるマスターではあったが、彼の決断力には感銘を受けた。ハキムが物ごとを押し進め、形にしていくことのできる、真の可能性を持った少年であるとの強い印象を持った。

マスターはその少年を操り、自分自身の影響力を広げるという考えに、ますます酔いしれ、興奮を隠せなかった。彼は、自分が仕事を与えてやっている通りの人々から金を徴収する者——通りの地理に明るく、野心があり、希望を持った誰か——を必要としていた。やつは、私のような良き指導者を持ってなんたる幸せ者か。ホームレスの子供が人の上に立ち、力と繁栄と贅沢さを約束されることなどありえようか？　小さな子供にとっては甘すぎるぐらいに甘い蜜の味というものだろう。

マスターはほくそ笑んだ。あの少年を操ることのできる絶好のチャンスが来たと、人合点して、満足を味わっていた。

彼は暗闇の中、丸まって寝ているハキムをじっと見つめてから、その岩に向かってゆっくりと歩いていった。

マスターの通った後を、白い砂が舞い上がって闇に溶けた。

8　愛の贈り物——デヴィとミーナ

砂浜に打ち寄せる心地よい波の音で、ハキムは目を覚ました。カーニバルのあった場所を見ると、もとからあるいくつかの建物がそのまま残されているだけで、すでにゴーストタウンのようになっていた。あせた色テープやヘリウムガスの入ったバルーンがそよ風に揺らいでいる。カーニバルに使われた器材や骨組みは取り壊され、トレーラーですでにどこかへ運び去られていた。

目を空に向けると、水平線上で、夜から朝への交代劇が演じられていた。もうじき暖かさをこの世界に運んでくれる夜明けの光が、水平線から少しだけ顔をのぞかせると、一気に朝の空を染め上げていった。

ハキムは一日のどの時間帯より、夜明けが好きだった。かろうじて輝きを保っていた月も急速に姿を消し、潮風にまじって、甘くて新鮮なジャスミンの香りが漂ってくる。

ハキムは、数羽のカモメと共に一人、浜辺で海を眺めた。

寝ていた岩の上から砂浜に飛び降りた瞬間、男の声が突然耳にひびいた。

「わたしはおまえを見ている……」

すぐにまわりを見渡したが、誰もいない。皮膚を這うようなぞっとした感じを覚え、不審に思いながらも、もう一度浜辺を見渡してから歩き出した。

歩き出すと、海に向かってつづく足跡を見つけ、足を止めた。足跡の向こうに網やバケツが積まれ、そばに漁師が立っていた。ハキムが気にもとめずにふたたび歩き出すと、その漁師はパッと顔をこちらに向けた。その顔は帽子からはみ出た髪の色と同じくらいに浅黒く、顔のわきには黒いほくろが付いていたが、ハキムは気がつかなかった。


ハキムは、人や車の往来でごったがえす朝の通りへ急いで駆けていった。まわりに人がいるだけで、温かい気持ちになれた。そのぬくもりがなぜかとてもありがたく思えた。

市場を縫うように進みながら、立ち止まっては食べ物をくすねる。そうやって底なしの飢えを満たした。つぎにどこへ行くかのあてはなかった。慣れ親しんだ土地を行ったり来たりしては狭い通りを抜け、街の富裕者居住区の路地裏へと入り込んで、羨望の眼で豪邸を見上げた。

物思いにふけっていたハキムは、何かが焼けるにおいでふとわれに返った。空を見上げると、黒い煙が渦を巻くように立ちのぼっている。彼は通りの雑踏を抜け、火葬場へつづく門の中に駆けこんだ。ハキムはかつてこの火葬場で働いたことがあった。

人が亡くなるたびにお金をもらえたので、死に対する恐怖心がしだいになくなっていく自分に驚いたものだった。人は自分の愛する人が死ぬと、惜しみなくお金を出した。火葬場に集まった親族や会葬者たちは、きまって悲しみの表情を浮かべ、同情を乞《こ》うのだった。火葬場では薪《まき》が火の中に投げこまれて、煙が上がっている最中だった。誰かが悲しみのあまりに泣き崩れる、そんな場面をハキムは今まで何度も見てきた。今、亡骸《なきがら》のまわりには小さな人だかりができていた。ハキムは菩提樹の陰に腰を下ろした。そこは誰にも気づかれずに火葬場を眺められる場所だった。彼は座り慣れた場所に戻ってきて、ほっとしていた。旅に出て、たった一日しか経っていない。にもかかわらず、長くて大変な旅に出たように感じていた。

小枝の山から黒い煙が立ちのぼっている。火がパチパチと音を立て、シューシューと燃え広がり、ついにはすべての枝がオレンジ色の火柱となって天を突き上げる。

小さな女の子が火のそばに立ち、燃えて立ちのぼる炎を見ようと、首を曲げて懸命に見上げている。白いドレスを着たその少女は、隣で涙を流す母親の服の裾を、しっかりとつかんでいた。

火は勢いの最高潮に達して、火花が四方に散り、母と少女は数歩後ろに下がった。母親の目は悲しみのあまり腫れ上がっている。

そのとき、少女が父親の持ち物がまだ残っているかもしれないと不意に体を前に乗り出した。

「ミーナ、じっとしていなさい！」

太った叔父が、少女の前に飛び出して彼女を押さえた。

「遊びじゃないんだぞ！」

叔父の表情は険しかった。有無を言わさぬ目で少女をにらむと、また炎を見つめた。

ミーナは、なぜ皆がそんなにも悲しいのだろうと不思議に思っていた。叔父や叔母、火葬をとりしきっている聖職者までもが悲しみの面持ちでうつむき、押し黙っている。

パパにいったい何が起こったのか。何かが変わって、パパはもう自分たちと一緒にいることはないのだと、少女は感じていた。パパはたくさんの花に埋もれ、白い布に包まれて、燃えさかる小枝の下にいる。日中の暑さを避けるためにいつも彼女と一緒にする昼寝の時間よりは、少しだけ長く眠っているようにも思えた。

少女は、隣に立っている姉を見た。デヴィなら何が起こったのか知っているはずだ。今朝早くのこと。ミーナは葬列にまじって歩きながら、姉に小声で聞いた。しかし、ミーナの質問は、「静かにして」という厳しい声にかき消されてしまった。

「ミーナ、静かになさい、そして泣くのよ」

彼女の姉はそう命じたのだった。

突然、母親がミーナの小さな手首をつかんで悲鳴に似た声を出し、膝から崩れ落ちたとき、ミーナは本当に驚いた。叔父と叔母が飛んできて取り乱した母親を支えると、初めてそれが、ミーナの目には恐怖と悲しみの光景として映った。

「ミーナ、こっちに来なさい」

デヴィは手招きして、妹の手をとって引き寄せた。

やがて火葬用の薪は燃えつき、黒こげになった炭の上で残り火がチラチラと踊った。ほうきを持った痩せた女性がどこからともなく現われ、少しの間あたりを見渡してから、残り火のまわりの灰をゆっくり掃きはじめた。彼女の視界の隅には二人の小さな女の子が見えていた。二人の姉妹は火葬場の外れの小さな菩提樹に向かって歩いていった。菩提樹の枝はやわらかく風に揺れ、さらさらと音をたてて、昇る太陽の日射しをさえぎっていた。

ハキムは二人の少女を見ていた。白いドレスを着て手をつなぎ、ハキムが座っている木陰へ近づいてきた。

ハキムはこの火葬場で、愛するものに別れを告げる子供たちを何度も見てきた。それは両親にさようならを言う機会さえ持ったことのない彼にはうらやましいことだった。彼は愛する者を失う感覚を持ったことはないし、愛されるという感じさえ味わったことはなかった。

歩いてくる二人の少女をじっと見つめながら、彼女たちが何歳くらいだろうかと思った。一人は自分と同じくらいの年齢で、もう一人はもっと幼く、たぶん……四、五歳だろう。ハキムが木の陰にいることに気づくと、二人は立ち止まった。年上のほうの女の子にじっと見られて少し戸惑ったが、彼女は小さい女の子の手を引き、笑顔で近づいてきた。

「ご一緒してもいい？」

デヴィが尋ねた。ハキムは自分の隣に二人が座れるように横に移動した。三人の子供たちは座ったまま、悲しみに打ちひしがれた未亡人を親族が慰める様子を見ていた。姉のデヴィは、いたわるように妹のミーナの足の上に自分の手を置いた。ハキムはうつむいて、地面を見つめていた。何を言えばいいのかわからずに、姉の目を避けていたのだが、妹が沈黙を破った。

「パパはどこへ行ったの、デヴィ。パパに何があったの？」

姉は、遠くのほうでだんだん小さくなっていく火を見つめていた。母親のまわりでは何人かが動きまわっていたが、それ以外は消えかけの薪の前に、灰を掃く女性がいるだけだった。

突然、灰を掃く女性がデヴィの視線に合わせるように振り向いた。同時にハキムも頭を上げると、その瞬間、彼女の手から閃光が発した。彼女が身につけている緑色の宝石が、太陽の光に反射してキラキラと輝いたのだ。デヴィもまたそれに気づいた。

「デヴィ」

妹は姉の腕を引っ張りながら言った。

「パパに何があったの？」

「ミーナ」

彼女は優しく答えた。

「パパはね、今までは私たちと一緒にいることができる命を持っていたの。でもね、今パパは新しい命をもらったのよ。でも、それはもう私たちと一緒にはいられない命で、前の命は終わっちゃったの」

小さな女の子はよくわからないとばかりに首をかしげた。ハキムは興味をもって聞いていた。

「ミーナ」

姉はつづけた。

「パパと一緒に歌った歌……覚えてる？　みんなで歌ったじゃない？」

ミーナは神妙にうなずいた。

「私たちが皆で声を合わせて歌ったあの歌のようにね、一つの命はあらゆる命の調和の中で歌われるの。パパの歌はつづいているのよ、パパの声が聞こえなくてもね。ただパパの声が私たちには聞こえないだけ……」

「パパはもう生きていないの？」

ミーナは不安そうに尋ねた。

「パパは生きていない……」

姉の声がひびいた。

「でもたとえパパが私たちと一緒に歌うのをやめたとしても、パパの歌は止むことはないわ。自然はある日、パパにまたほかの歌を贈るのよ――この世界でふたたび聞くことのできる歌をね」

ハキムがやわらかくさえぎった。

「それはどういうこと？　君のお父さんが帰って来ないってこと？」

別に意地の悪い質問をするつもりはなかった。ハキム自身がその答えを明確にしたかったのだ。

「同じ形ではね……」

デヴィは妹の髪にやさしく触れた。

「でも命はなくなってしまうことはないの、ただ形を変えるだけ」

デヴィは優しい目でハキムを見た。彼女のなだめるような声で伝えられたシンプルな知恵に、二人はただうなずいた。

ミーナは期待に満ちた目で姉のデヴィを見た。

「パパは私たちのところに帰ってくるの？」

「パパは帰ってこないわ。そして私たちのそばを歩くこともない」

デヴィは断言した。

「でも私たちはパパに祈りを贈ることができる。私たちが心の中でパパに注目すると、パパは私たちのところに戻ってくるの。私たちがいつものように愛を贈れば、愛は帰ってくるわ」

「……本当なのだろうか……」ハキムはそう自問している自分に驚いた。

「愛は決して尽きることがないの。愛はいつでも愛を生み出しているわ」

デヴィはハキムを見た。

「そして憎しみは憎しみを生み出すの。私たちの人生での経験は、私たちの中にあるものを反映する。つまり、人に与えるということは、すなわち自分が受け取ることになるの。父が、前に私にそう教えてくれたのよ。与えるということは命が歌うための楽器なんだって。そして受け取るということも重要で、受け取らないと歌は聞こえないんだって』

ハキムはうなずき、デヴィは妹を向いて彼女の手を握った。山盛りになった灰のそばで、少女たちの母親が支えられて立っているのが見えた。

「私の父は、私が妹と同じ歳だった頃、これをくれたの」

デヴィはそう言うと、首の後ろに手を伸ばし、茶色の石が輝くネックレスの留め金を外した。

「これはアベンチュリンガラスなの。古い宮殿でね、歴代の王様たちがその妃たちの美しさを映すために、お妃様たちの部屋の壁に埋め込んだのよ。どうぞ……」

ハキムを向いた彼女の手には、ネックレスが握られていた。

「いや……僕は……」

そんな大切な宝物を少女がくれることなど想像すらしていなかったハキムは、唖然として声が出せなかった。

「いいのよ、どうぞ」

彼女はハキムの手のひらにネックレスを落とした。

「パパはいるの？」

ほとんど消えてしまった薪を見つめながら、デヴィが聞いた。

「僕には父さんも母さんもいないんだ」ハキムが答えた。

「……ずっと探してるんだ」

「どこを探したの？」

デヴィは尋ねた。

「あらゆるところさ」

ためらうことなくハキムが答えた。

「あらゆるところ？　遠いところも近いところも？」

「そう、遠いところも近いところも」

オウム返しに彼は答えた。

「どれくらい近く？」

臆することなく彼女は尋ねた。「内側は……？」彼女はひとりごとのように言った。

「どれくらいって？」

ハキムは彼女の言う意味がよくわからなかった。

「私がもう一つの場所を教えてあげる」

彼女はハキムのほうを向き、彼の目をじっと見つめた。ハキムはデヴィの真剣な雰囲気に引きこまれた。

「東へ二、三時間行くと小さな村があるの。そこに行けば探すのを手伝ってくれる人がいるはず。あなたのご両親……いいえ、あなたの探している人なら誰でもよ。その人に会ってみるといいわ」

ハキムが答える前に、デヴィは立ち上がって妹の手を引いた。

「行きましょう、ミーナ」

二人の少女は母親のもとへ歩いていった。


ハキムは手にした石のネックレスを見た。そしてしっかりと握りしめ、これから自分がすべきことを考えた。

遠くではデヴィが自分の服についたほこりをブラシで落としていた。ミーナも姉にならい、小さな手で自分の服を払っていた。地面を掃いている女性が微笑んでいるのにハキムは気づかなかったが、彼女の右手で緑色の宝石がキラッと光ったのには気がついた。

ハキムがネックレスにもう一度視線を落とし、首の後ろに手を回して着けようとすると、その小さなガラス玉は太陽の光をはね返してキラキラと光った。二人の少女が母親のそばに着いたときには、聖職者は聖歌を歌い、すでに灰だけになった場所に花をまいているところだった。

ミーナはまた姉に質問を始めたが、デヴィはその前に彼女を制して言った。

「静かになさい、ミーナ、そして泣くのよ」

9　力の車輪――トラック運転手のムスターファ

ミーナやデヴィと別れた昼下がり。ハキムは一人、物思いにふけっていた。父親亡き今、二人の少女の人生はどのように変わるのだろうか。また自分の人生においても、もし自分を導いてくれる父親がいたとしたら、自分の人生はどんなだったろう。そんなふうに考えると、きまって悲しく孤独な気持ちになるのだった。

そういえばある日、ハキムは市場を歩いていて、ふと自分の父親がそばにいる感じがしたことがあった。驚いたことに、そのとき彼は実際に自分の父親の姿をイメージし、ほんの一瞬ではあったがそこに父親を感じることができた。なんとハキムは、心の中で自分を愛してくれている父親をイメージしていたのだ。

しかし今は、まったくといっていいくらい愛されるという感覚を失っていた。その感覚はいつの間にか、ハキムの中の深いどこかに飲みこまれてしまっていた。だからといって特に怒りや不安があるわけではなかった。

彼には、どこでどうすればその特別な「愛される」という感情を取り戻せるのかについて、一つの考えがあった。デヴィがハキムに言った「東へ……」という言葉――そこにヒントがあるとハキムは感じていた。賢者はきっと、砂漠の方角にある無数の村の一つにいるはずだ。そう考えたハキムはすっくと立ち上がり、東へ向かって元気よく歩きはじめた。

ようやくハキムが街の外れにたどり着いた頃には、日も傾いていた。見渡すかぎりの広野が、どこまでも遠く広がっていた。村落の無数の明かりが、夜の広野にチラチラと点滅している。夜の乾いた空気の中、泥とほこりにまみれたトラックの発着場は、まるで果てしない砂漠を旅する前のラクダで埋めつくされた水飲み場を連想させた。

ここは出発前に飲み物を飲める唯一の場所で、トラックの運転手たちはこれから始まる夜を徹しての長旅の、景気づけにと酒をあおっている。

あたりには、通過するトラックの雷のような騒音が轟いている。トラックはどれも皆、色鮮やかだった。踊る神々の姿の絵で車体を飾り、エンジンカバーにはさまざまな言葉が記されていた。

ハキムは道の片側に寄せてあるトラックの列に目を向けた。重い積荷が、平台型やボックス型の荷台に押しこむように積まれている。今にもひっくり返りそうで、頼りなく不安定に見えるのだが、いったんレースが始まるとそんなことはない。高速戦車かと見まがうスピードと力強さで、一気に敵の進路に突進することができるのである。

ハキムは木の下に腰を下ろした。そこからは東の広野へつづく道の、いちばん後尾に停車しているトラックが見えた。トラックの運転手たちが自慢話を披露している賑やかなしゃべり声や笑い声が聞こえてくる。ときおり通過するトラックの明るいライトが、身ぶり手ぶりで演じる運転手たちのステージにスポットライトを当てていく。

腰を下ろした場所の近くの木々にはランタンが掛けてあったが、ハキムの物思いにふけった表情までは照らし出すことはなかった。ハキムは薄暗い木の下で、富と幸福への道——賢者の秘密を探し当てることについて考えていた。

ハキムの後ろには老朽して壊れかけた丸太小屋があった。小屋の中には古びた料理用コンロが置かれ、一人の男がその前に立っていた。

コンロの上の黒ずんだブリキのボウルには、何世紀にもわたって使ってきたような濁った黄色い油がなみなみと入っていて、グツグツと沸いていた。その下ではすさまじい勢いで火が燃えていた。男は練った小麦粉の丸い塊を油に浸し、数秒間、ジュージュー、パチパチと音がするのを見届けてから、揚がったビスケットを汚いカウンターの上に放り投げた。小屋の中には、出発前の最後の食事を待つ運転手が大勢集まっていた。

貪欲に手を伸ばす男たちに食べ物を運ぶために、ハキムより小さな少年が、カウンターと運転手たちの間を行ったり来たり忙しく動きまわっている。運転手の中には、時間に追われ気がせくのか、大きなげっぷを何度もしながら食べている者もいる。筋肉質の一人が給仕の少年にビスケットのお替わりを注文した。その様子にハキムの目が止まった。

ハキムは小屋の外の暗がりから、のぞくようにして男を観察した。男は背が低く、痩せていて、浅黒い皮膚がそのビスケットと同じようにつやつやと光っている。頭は完全に禿げ上がり、月明かりを反射していた。黒い瞳に薄い唇、幅の広い鼻、そして角張った輪郭が彼の顔の特徴だった。ハキムの視線に気づくと、男は険しい表情をゆるめた。

運転手は急いでビスケットを噛み下し、ゆっくりと立ち上がった。両腕を後ろに引いて弓なりに体を伸ばすと、大きく唸りながら大あくびをした。そして、コンロのほうに向き直ってコックに目配せをし、数枚のコインを渡し、自分のトラックへ向かった。

運転手が目をこらした小屋の脇の暗闇には、小さくうずくまっているハキムの姿があった。

「こっちへ来い、友よ、足がいるんだろう？」

言い当てられて呆然としたハキムは、何と答えればいいのかわからず、ただ男の顔を見つめた。

「おまえさんは、ただそこに座って眺めているだけなのかい？」

運転手は含み笑いを浮かべた。

「それも悪くはねえさ、だが、今はその時期じゃねぇだろう」

彼のもの言いには厳しさがあった。男は踵《きびす》を返し、道に片輪をのせて駐車している大きなオレンジ色のトラックへ歩を進めた。

「ついて来な」

彼は振り返らずに大声で言った。

ハキムはゆっくりと立ち上がり、男の後ろについて行った。

「どこに行けばいいのかわからないのです」

キャビンに上がり、小さな浅黒い男の隣に座ってハキムが言うと、男はハキムの口調をまねた。

「わからないのです……。おまえさんの年齢で出る言葉にしちゃあ、穏やかじゃねぇな。だが、そう言われても俺にだって、おまえさんがどこに行きゃいいかなんてわからねぇさ」

「えっと……」

ハキムが切り返した。

「わからないと言ったのは、あなたが僕をどこへ連れて行くのかということです」

「俺はおまえさんをどこへも連れて行くことはできんさ。友よ、それはおまえさんが選ぶことさ」男はつづけた。

「だが、忠告だけはしておこう。俺は今までに数えきれんくらいこの道の行き来を繰り返しているが……旅に集中することだ……目的地にではないぞ。俺たちが今夜通る道には、たくさんの分かれ道がある。もしおまえさんがそれら全部の道に意識を集中したら、今、生きているこの瞬間への注意を犠牲にしてしまうことになる。全部の道に意識を集中するのは重荷だし、おまえさんには必要のない重荷だ。ほかに道が自然に目の前に現われるときが必ず来る、そのときが選択の時だ。今じゃねぇぜ」

そう言うと男はエンジンを回し、ギアを入れた。エンジンが鳴りひびき、まるで囚われの身だったドラゴンが解き放たれたように、濃い黒煙を吐き出した。トラックはガタガタ揺れながら前へ進み、道に泥をまき散らしながら徐々にスピードを上げていった。

「……キャビンの内側も外側なみに派手なんだな……」

ハキムは座っている助手席のまわりを見まわして思った。赤、黄、緑の帯状のラインが、キャビンの内側全体のパネルに装飾され、インドの結婚式で新婦が手首につけるような小さな金色のベルトが、キャビンのルーフからぶら下がっている。よく見ると、二枚の小さな絵がギアのちょうど上あたりのダッシュボードに飾られている。一枚はハンサムな青い肌の神様の絵で、そのか細い手に横笛を持って踊っている。もう一枚は、緑色の醜い悪魔が片手に棍棒を持ち、もう一方の手で蛇を窒息させている絵だった。その絵を見るや、たちまちハキムの想像力は膨らんで、自分がかつて聞いたことのある神話の世界に引きこまれた。絵のすぐ下に赤い文字で書かれた書きこみがあった。ハキムはその文章に気づき、目を細めて読んでみた。

私たちの考え、言葉、行ないは、みずから周囲に投じる網のより糸である……

「俺の名はムスターファだ、友よ」

男は沈黙を破って突然言った。

「ハキム」

ハキムも反射的に答えはしたが、ほかに言葉が見つからず、口ごもりながら何とかつぎの言葉を吐いた。

「こ……ここら辺の人ですか？」

ムスターファは笑って言った。

「いや、俺はうんと遠くから来たのさ」

「なぜ、ここに？」

ハキムはこんどは無邪気に聞いた。

「俺の道が俺をここに導いた。俺たちは、自分の目の前の道に従う務めがあるのさ。俺は西の国の出身。たくさんの王国や海を越え、この場所に旅して来た。教えるという務めのためにな。それは代々、俺の先祖もしてきたことで、俺が俺であるためにここに来たといえばいいかな……」

キャビンがなんとなくぎごちない沈黙に包まれた。

トラックは猛スピードで進み、二人の体は上下にはずんだ。トラックのヘッドライトが照らし出す細い光のトンネルが、夜の暗闇に穴を開けた。

ときおり、ビューンと音をたてて抜いていくほかのトラックや小さな車に遭遇すると、ムスターファはとても興奮して、レーンを変えたり、ハイビームを光らせたり、クラクションを鳴らしたりして、接近してくる車や、追い抜いていった車に警告するのを楽しんでいた。

しばらく行くと、道の脇にトラックが横転していた。ムスターファはトラックの速度を落とし、車のライトで照らした。ライトの先にトラックの横転した状況が浮かび上がり、ハキムも目で追った。

「カルマの清算か……」

ムスターファがつぶやいた。

「何のことですか？」

ハキムが尋ねると、ムスターファが繰り返した。

「過去のカルマの清算さ」

ハキムはカルマという言葉は聞いたことがあったが、意味は知らなかった。

「どういうことですか？」

ムスターファは眉を上げてニヤッと笑った。

「カルマは行為だ。そしてすべての行為は結果をともなう。つまりカルマとは行為であって、結果なのさ」

「やつは……」ムスターファは横転したトラックを指さして言った。

「自分で選択をして、そしてその選択にもとづいて行動したんだよ。やつはその行為の結果を今、体験しただけなのさ」

「たぶん、トラックのコントロールがきかなくなったんじゃないかな。路上に何かがあって、それを避けようとしてひっくり返ったのかもしれない……」

ハキムが暗闇の中に照らし出されたトラックを見つめ、自信を持ってそう言うと、ムスターファが首を横に振ってゆっくりと言った。

「それは俺が言っている行為じゃないな」

ハキムは否定された感じがして、なんとなく意気消沈して押し黙った。

「行為の結果は必ずしもすぐに現われるわけではない、友よ。結果は、行為という種をまいてから、かなり後に花を咲かせることもあるのさ」

ムスターファは、自分の言葉を確かめるようにつづけた。

「それぞれの結果は、そのままほかの行為でもあるんだ。やつは衝突するほどではなかったにせよ、どこかで自分が選択した筋道に沿ってこういうことになったわけだ。事故そのものがつぎの行為へとつながる。今、やつは、この事故が自分にどういった影響を与えるのかについて、新たな選択をしなければならない。やつを強くするのか、それとも弱くするのか……」

ムスターファは間をおくと、さらにつづけた。

「俺は昔、ある賢者が、未来に対する最高の備えは、完全に今に心を集中すること――つまり、あらゆる瞬間に選択をすることだと言っていたのを聞いたことがある。

……それはつまり、すべての瞬間に意識的な選択をすることによって、今が未来を支え、人生の旅はより楽しいものになるということなのさ」

ムスターファが突然「賢者」という言葉を使ったので、一瞬ハキムの胃が飛び出しそうになった。だが、彼にはムスターファが先に言った言葉のほうが気になった。

「さっき、全部の道に意識を集中するのは重荷だって、言いましたよね」

「そのとおりさ、友よ」

ムスターファが答えた。

「全部の道に意識を集中すると、今がおろそかになる。俺たちの注意が未来や過去によって消費されるならば、俺たちは今この瞬間を生きてはいないことになるのさ。未来に生きると不安を招き、また、過去に生きると悲しみを招く。だが、今に生きると俺たちは興奮や感激、純真な驚きを招き入れるんだ」

「選択」……ハキムは自分たちが通ってきた道について考えた。

「自分が最高の選択をして、最高の道を選んだとどうしたらわかるのですか？」

ハキムは口を開いた。

「友よ、そのための唯一の方法は、自分の心、自分の直感から来る声を信じることとさ」

ムスターファは答えた。

「あまりにも長い間、俺たちは自分の理性だけに頼って選択をしてきた。そうして、俺たちは同じ思考パターンや決まりきった日々の雑事に自分を閉じこめている。何度も何度も繰り返す経験に安堵し、危険を冒すことや自分の夢に向かって行動を起こすことを恐れているんだ」

「悪魔」――ハキムは、カーニバルでのラミアのタロットカードを思い出した。

ムスターファは間近でハキムを見た。キャビンの薄暗いライトの下で、額からこぼれた小さくて黒い巻髪が、ハキムのやわらかくて少年っぽい顔立ちに特徴を与えていた。

「……まだ、あまりにも若い……」

ムスターファは思った。

「選択する道があまりにもたくさんあったら、どうやって自分の心が言うことを信じればいいのですか？」

ハキムは鋭く切りこんだ。

「どうできないんだ？　ハキム」

ムスターファは初めてハキムの名前を呼んで返した。

「心だけがあらゆる可能性を知っている。宇宙に満ちているすべての可能性をな。例外なくすべてさ。だからこそ、心だけが俺たちを適切な決定へと導くことができるのさ」

ハキムは、巨大な乗物を操り、なんの迷いもなく猛スピードで道を下って行くトラック運転手の横顔を見た。

「それが正しい選択かどうか、どうしたらわかるか……だったな」

ムスターファが笑った。

「感じればいいのさ」

「何を？」

ハキムがすぐに言い返した。

「そのとき、おまえさんは平和と慰めの中で、宇宙にはなんの抵抗もないことを感じるだろう。正しい選択をすると、おまえさんの体が心地よいという感覚で知らせてくれるのさ、気持ちいいぞ。だが、まちがった選択をすると、逆に不快な感じがするだろうよ。

個人の差異にかかわらず、俺たち一人一人を織り上げている共通の糸ってものがある。皮膚の色や性別、年齢には関係なく、俺たちは皆、兄弟、姉妹関係によってつながっているんだ。何者も俺たちが共通のものに帰属しているという事実を変えることはできない。

俺はここから遠く離れた土地から来たにもかかわらず、おまえさんと同じもの、同じ心でつくられているんだ。それを神と呼ぶ。神はすべての存在の中にある……」

「えっ？　神が何を……」

ハキムが慌てて口をはさんだ。

ムスターファはすぐにハキムの疑問を打ち消して言った。

「ちがう、ちがう、神は何もしない。神は在るんだ。神はどこにでも……そしてすべてのものの中に在るんだ。ひとひらの葉の中にも、そして俺たち人間の中にも、生きとし生けるものを生かしている同じ何かが働いていて、俺たちの心を通じて一人一人に話しかけてくる。この叡智にもとづいて俺たちが耳を澄ませ、選択するとき、究極的には俺たちは幸せをすべての人にもたらすことができるんだ」

キャビンは静かになり、道の凹凸で車内の小物が揺れて、カタカタと鳴る音だけが聞こえた。トラックは奔放に道を下って行き、ハキムは窓の外を飛ぶように過ぎ去るいくつもの分かれ道に目を向けた。

「……確実にこれらの道はたくさんの道につながっている……」

数えきれないほどの村を思うと、賢者を見つけることなどとうてい不可能な気がする。

ハキムはダッシュボードの上の小さな二つの絵、陽気な神から闇の悪魔へと視線を流し、フロントガラスの向こうに広がる、真っ黒な空に貼りついた星々を眺めた。大きくキラキラと輝く星々は、街の見慣れた夜空のものとは違っていた。

ハキムはマスターのことを考えた。

「……もし、賢者を見つけることができなくても、マスターから賢者の秘密を学ぶことができるかもしれない……」

「役には立たんよ」

フロントガラスの向こうにつづく道を見つめたまま、ムスターファが突然言った。

「誰が？」

自分の考えごとにムスターファが急に入ってきた気がして、ハキムはとっさに返した。

「星さ、もちろん」

ムスターファは即答した。

「答えを外に探しても、見つけることはできんだろうよ」

ハキムがシートに寄りかかると、ムスターファはつづけた。

「確かに、おまえさんやおまえさんの選択に、影響を与えようとする力はあるだろう。だがな、正しい選択をする力を持っているのはほかでもない、おまえさんだけなのだ」

正しい選択――

ハイウェイと交差する道を見ていたとき、突然ハキムの頭の中に声がひびいた。

「この道だと思う」

ハキムははっきりと自信のこもった口調で言った。

「わかった」

ムスターファは答えた。

トラックは道の片側に寄って土手のところで停まった。

夜明け前のかすかな光が地平線上に現われた。車を停めたところからはそんなに離れていない場所に、空に向かってゆらゆらと立ちのぼる煙が見えた。それは近くに村があることを意味していた。

「行きな」

ムスターファの声がキャビンにひびいた。

「これは俺の道じゃない。おまえさんの道さ」

彼はウィンクした。

「またな、友よ」

ハキムはキャビンから飛び降り、トラックの後方へ歩いた。


エンジンがふたたび音を立て、トラックがゆっくりと動きはじめた。ハキムは振り向いて、鮮やかなオレンジ色のトラックを一度見、それから近くの村へ向けて歩き出した。

ふたたびハンドルを握ったムスターファの視線は、サイドミラーに向けられた。彼が見ていたのは少年ではなく、道路脇に立つ白いサリーをまとった女性だった。彼女の右手には空から落ちてきたような緑色の石が輝いていた。ミラー越しに彼女とムスターファは視線を合わせ、二人はそれぞれに微笑んで、温かい眼差しで合図を交わした。

10　誘惑者——ルシアス

ハキムが砂漠の村にたどり着いた時刻に、ちょうど夜は明けはじめた。その村には道路もなければ車もなく、踏まれて使いこまれた通り道がメイン通りの役目を果たしていた。村に出入りをするには、誰もがこの小道を通らなければならなかった。

周辺を見まわしても、特にこれといった営みも、刺激もありそうにない村だった。雌牛におんどり、野良犬があちこちにうろついていて、なぜこんな場所を選んでしまったのかとハキムは思いかけた。

そのとき、通り道の突き当たりにあるトタン屋根の小屋の陰から男が姿を見せた。

「どうかされましたか？」

ハキムが声のしたほうを向くと、背の高い、筋張った体つきの紳士が立っていた。

「いえ、大丈夫です」

はっきりとハキムは答えた。

「何か飲みますか？」

男は小屋の陰に手を伸ばして、濡れたソーダのボトルを取り出した。

「この暑さじゃあなたも参ってしまいますよ」

彼はすでに暑さにのぼせていることを示すように、手の甲で額をぬぐった。

ハキムは腹の底で彼に対してどこか信用できない感じがしたが、ソーダがあまりにも涼しげに見え、つい誘惑に負けてしまった。

「じゃ、いただきます」

ハキムは彼の持っているソーダのボトルに手を伸ばした。

「あっ……」

男はボトルを引っこめた。それからゆっくり栓抜きを取り出し、蓋を開けて差し出し、もう一方の手で、日陰に半分隠れている椅子に座るように勧めた。

ハキムは腰を下ろして飲みはじめた。男の顔は、ノミで彫られたように角張っていて、鼻は細長く、顔面の小さな二つの切れ目から細い目がのぞいていた。口は小さく、笑うと目元の傷が顔の側面の小さな黒いほくろとつながった。ハキムはこの小さな刻印をしばらく凝視している自分に気づいたが、なぜそれが自分をこんなにも悩ましい気持ちにさせるのかはわからなかった。

「どうして私たちの村に？」

男が切り出した。

「ここでは見たことのないお顔ですな」

そう言うと、男はマッチを擦ってタバコに火をつけた。

「何か……いや、あるいは誰かを探してらっしゃるのですか？」

彼は空中に漂うタバコの煙に息を吹きかけて言った。

「……それなら、お役に立てると思いますよ」

「……デヴィ……」ハキムは心の中でつぶやいた——この人が本当に自分の出会うべき人なのだろうか？

トラック運転手のムスターファが言っていたことを思い出し、少しの間、自分の心の声に耳を傾けてみた。

「ただ、通りすがっただけです」

ハキムがあまりにも自信ありげな笑みを浮かべて言ったので、男は少年の返事に面食らったのか、ぎごちなく足を組み替えた。

「で、あなたは？」

ハキムは間をおかずに聞いた。男は少年がそんなにませた言い方をするとは思いもよらなかったのだろう、声が詰まった。

「ル……ルシアス」

平静を取り戻してから男はもう一度言った。

「名前はルシアス、あなたは？」

「ハキム」

またも彼の返答は素早く、自信に満ちていた。男はハキムの若々しい、つっけんどんな受け答えにやりにくさを感じつつも、さらにしぶとく言った。

「きっとあなたの助けになると思いますよ。私に手伝わせてくれれば、そんなにがむしゃらにならなくたって、あなたの望むものを手に入れられるかもしれない……」

男は眉を上げて、自分の考えを強調した。

ハキムはじっとルシアスを見た。彼がなんらかの方法で助けになってくれると信じたかった。もしかしたら、賢者探しについて何か知っているかもしれない。ハキムの気持ちは揺れたが、抵抗する感情がどうしてか沸き上がってくる。何かがしっくりとこない。

「僕は大丈夫です」ハキムは明言した。

ルシアスはゆっくりとうなずくと、仕方なくハキムの決断を受け入れた。

「わかりました。あなたがただの通りすがりならば、いちばん良い出口を教えましょう」

ルシアスはタバコを手にしたまま少年を見つめた。

「僕は本当に大丈夫なのです」

ハキムは今までにもまして、自信をもって答えた。

「僕は少し木陰で休んでいきますから……」

「木陰？」

男は興味深げに尋ねた。

「はい、あの木の下は涼しそうですから」

ハキムは近くにある葉の生い繁った大きな木に目をやった。

「暗闇を恐れているのではないのかね？」

男はタバコから立ちのぼる煙ごしに、ハキムを横目で見た。

「そんなことはありません」

男の声に何か不吉な感じを覚え、ハキムは気分が悪くなった。

「私は好きですよ。暗闇はとても魅力的だと思います。あなたも暗闇の中なら、より多くのことをやりおおすことができますよ」

男は椅子に寄りかかって笑顔をつくった。

「さあ、もう一度言ってみてください、あなたは何が欲しいのですか？　あなたの望むものをどこに行けば手に入れられるのか、私が教えてあげましょう」

ルシアスは、ハキムの心の動揺を見逃さなかった。恐れと欲望の間に見え隠れするハキムの好奇心をとらえ、目にめらめらと炎を燃やした。

ハキムは目をそらして、ルシアスの言葉を注意深く聞いた。

ルシアスは間合いを利用して言った。

「……何が欲しいかを言うのに恐れを持つ必要はありません。何かに欲を持つということは決して悪いことではないのですから……例えば……力とか……お金とか……ね」

ハキムは男の言葉に頭がぼうっとした。腹の中で乱気流がぐるぐるとめぐり、男の話をもっと聞きたくなった。しかし、彼はトラック運転手のムスターファが言った言葉を思い出した。

心の声を聞くのだ……


ハキムが心に注意を向けると、心臓の鼓動が不快なほどに激しく鳴った。

これがムスターファが言っていたことなのだろうか？

「僕はもう行きます」

ハキムは椅子から身を起こして言った。

「飲み物、ありがとうございました」

彼は逃げ出すようにもとのメイン通りへ駆け出した。

「ああ……はい」

ルシアスは気落ちした口調で応じ、駆け出したハキムを追いかけるように言った。

「いつか必ずまた会えると思っていますよ！」

ハキムは足をもつれさせた。彼の中には、好奇心とまだここにいたいという気持ちが強く残っていたが、すぐに腹の中で煮えたぎっているもの、そしてこんなにも心臓の鼓動を早くさせているものが何なのかがわかった。

　憎しみは憎しみを生み出すの……

ハキムは男に対する感情を抑えるように、火葬場で出会ったデヴィの言葉を思い出した。ルシアスは照りつける太陽の下、小屋の陰にたたずんだ。

「そう、これでいいのだ」

彼は笑みを浮かべてひとりごとを言い、煙をフーっと吐いてタバコを地面に放り投げた。

11　精霊のダンス——ダンスの先生ニーナ

ハキムはメイン通りを抜け、村の中心近くの小屋が集まっている場所へ向かった。肩越しにルシアスがいないのを確認したが、ハキムははっきりと誰かに見られている感じがした。

突き当たりに、笑い声が漏れてくる大きな小屋があった。ゆっくりと近づくと、入り口のそばに無造作に放置されたいくつもの小さな自転車が目に入った。

入り口には藁《わら》で編んだカーテンが掛けてあった。隙間からそっとのぞくと、中には輪になって腰を下ろした女たち——ハキムが急いで数えると——七人の少女と、彼女たちに囲まれた一人の若い大人の女性がいた。

少女たちの何人かは、ハキムより年上に見える。彼女たちは皆、赤や黄、青や緑の明るい色のゆったりとした服を着ていた。窓から差しこむ太陽の光の中で、ほこりの粒が踊っている。首振り扇風機はブーンという低い唸り声とともに、ゆっくりと部屋中に生あたたかい風を送っていた。

「はじめて女神カリを見たときは本当に恐かったわ」

若い女性の芝居じみた声に、少女たちは夢中になっていた。

「彼女はね、体全体が真夜中のように真っ暗で、その燃え立つような真っ赤な目は、あらゆる方向に回転しているの。彼女の舌は血で汚れ、額には三日月の刻印があったわ。蛇と頭蓋骨のネックレスを首にぶらさげているのよ。そう……死人をかたどったイヤリングをしていてね、食べてしまった夫を消化するのに、彼女のお腹は小刻みに震えているの……。彼女のためにどうやって踊ったらいいのって思ったわ。悪魔のために、いったいどうしたらダンスができる？」

彼女が繰り返すと、少女たちはうなずきながら若い女性のまわりで縮こまった。

「そうしたらね、先生でもあった私のおばあちゃんはこう言ったの。愛と誇りをもってあなたのダンスをおやりなさいってね」

少女たちは驚きと恐怖で言葉をなくした。

「それでどうしたの、ニーナ先生？」いちばん小さな女の子が突然声を出して言った。

「そんな暗闇の生き物のためにどうやって踊ったの？　私なら絶対できないわ」

先生は少し間をおいた。

「暗闇はね、光の別の言い方なの。暗闇がないと、光もないのよ。善と悪もそうなの」

「悪だけを見ないようにできないの？」

ほかの女の子が尋ねた。

先生は女の子を見て言った。

「悪はね……これも私たちの中にあってね、自然にあるものを見ないようにすることはできないわ」

「悪は私たちの中にあるの？」

女の子たちの一人が驚いて言うと、何人かの少女が身を震わせた。

「善の種が私たちの中にあるように、悪の種も私たちの中にあるの――私たちは両方を持っているのよ」

先生は優しい声でつづけた。

「何を良い、何が悪いと呼ぶか――何を美しい、何が醜いと呼ぶかは判断にすぎないの。私たちが判断をしたときには、あらゆる物ごとを全体的に見られなくなってしまうの。判断するのをやめたときに、私たちの心が開き、無限の可能性の王国へとつながるのよ」

先生は輝くような笑みを浮かべた。

「皆さん、私たちは相対の世界に住んでいるの。光もあれば闇もあるし、善もあれば悪もある。喜びもあれば悲しみもあるし、秩序もあれば混乱もある。私たちはあらゆる経験を、ありのまま受け入れればいいの、そうすれば真の幸福と自由を知ることができるの。

さぁ、ダンスのレッスンを始めましょう」

七人の少女はうなずいて、先生の後についてさっと立ち上がり、ダンスの準備にとりかかった。

「それ違うわよ」一人の少女が声をひそめて言った。「集中して！」

「わかったわ」

別の女の子がリズミカルに足で床を打ち鳴らしながら答えた。

「まだ違う、もう一度集中してやってみてくれない、プライヤ」

少女が強い口調で言った。

「ちゃんとやってみたんだけど……」

「プライヤ、やってみるという
の
は良い方法ではないわ」

二人の少女を見ながら優しく微笑んでいた先生が割って入って言うと、今までプライヤに指図していた女の子は恥ずかしそうに顔を赤らめた。

「無理な努力をしてできたものは、うまくいかないの。自然に、スムーズに、やすやすと……」

彼女の優しい声は思いやりにあふれていた。

「花は、花を咲かそうとしてみないでしょう。それは花を咲かすことが花の本質だから。魚は泳ごうとしてみないわね。それは努力せずに泳げるからよ。だから、そう、ダンサーはダンスで自分の内なる本質を表現すればいいの」

先生は足で床を打ち鳴らし、最初はおとなしく、そしてだんだんに力強く、膝を曲げ、背筋を真っ直ぐに伸ばしていった。プライヤも先生に従った。

「あなた自身になりなさい！」

先生はそう言って少女たちを見つめた。少女たちは今まさに芽を出そうとしているのだと思った。

「ダンスは他人に印象づけようとしたり、認めてもらおうと思ってするものではないわ。まわりの評価を気にして踊ると、うまく踊れないものよ。あなたたちの内側にあるものを愛して、称えて、踊りなさい！」

先生は皆にそう言って、身をひるがえし奔放に踊りはじめた。頭を後ろへ振り、体をねじり、足で床を強く打ち鳴らす。彼女の波動が小さな部屋中に広がり、プライヤたち全員が、部屋いっぱいにみなぎった陽気な雰囲気とともに、自由に踊りはじめた。

ハキムは入り口の脇にしゃがみこんで、少女たちが虹色の輪になって踊るのを見ていた。

「……彼女たちは美しい……」ハキムは心から思った。

先生から声がかかり、彼女たちはダンスをやめ、部屋の隅へ集められた。彼女たちは、神々の小さなブロンズ像が置かれた祭壇の前まで行き、膝をつき、両手を組んで、先生が唱えるマントラをまねて繰り返した。ブロンズ像のいくつかにはハキムが知っているものもあった。

先生は前かがみになって、祭壇の上に置かれていた大きな花冠を取り上げると、見るも恐ろしい女神の像の上に置いた。ハキムはすぐに、その像がさっき女性が話していた女神カリだとわかった。

先生は祭壇から下りて、手を組んだまま子供たちに向き直って言った。

「ではまた明日……」

子供たちは笑ったりおしゃべりをしながら、入り口のほうへ走った。ハキムは急いで立ち上がり小屋の脇へ隠れたので、見つからずにすんだ。少女たちは自転車を起こし、土けむりをたてながら、村のそれぞれの家へ帰って行った。

ハキムが小屋の入り口に戻って、入り口のカーテンの脇から中をのぞいたとき、先生と目が合った。きまりが悪くなり、逃げ出そうかとも思ったのだが、動けなかった。

「入っていらっしゃい」

彼女が髪留めを外しながらそう言った。ハキムはおずおずと前に進んだ。先生は水の入った容器を片手に持ち、額を白いタオルで拭った。

「ちょっとびっくりしたわ、あなた、どうしてここにいるの？」

「人を探しているんです」

ハキムは静かに答えた。

「そう、人を探しているの――私はニーナ。たぶん何かのお役に立てると思うわ」

彼女はハキムを見て言った。

ハキムは初めて間近に彼女を見た。彼女は美しかった。目の彫りが深く、濃い茶色の目をしていた。顔は繊細で優雅さを感じさせ、髪留めから解き放たれた長い黒髪が肩から背中へ流れていた。彼女は細身で背が高く、シャンと伸びた背筋は気高さにあふれていた。

「その人を探す前に教えて」彼女は間をおいて微笑んだ。「あなたは誰？」

「ぼ、ぼくはハキム」

ハキムはいいよどみながら答えた。

「そう」彼女は微笑んだ。

「ハキムね。じゃあハキムってどんな人？」

ハキムは彼女の質問について考えた。いい返答をして彼女を喜ばせたかったのだが、何と返事したらよいのかまったく思いつかなかった。

「来て、見せてあげるわ」

ニーナは少年に近づいて腕をとると、隣の小さな部屋へ案内した。部屋の中は暗く、ジャスミンの匂いが立ちこめ、空気はしっとりとしていた。

ハキムの目がだんだん慣れてくると、さっきとは別の神々の像の前でニーナがひざまずいているのが見えた。

「こっちよ、ここに座って」

ニーナは藁のマットをハキムに勧め、手を祭壇に伸ばして背の高い赤いろうそくに火を灯した。

ろうそくの光は、大きな木製の像を照らした。ハキムはすぐにその像がクリシュナ（訳注　インド、ヒンドゥーの神話に出てくる英雄）だとわかった。彼は昔から、そのいたずら者の神に魅かれていた。

ニーナはハキムを見て微笑んだ。

「目を閉じて、そしてしばらく静かにしていて……」

ハキムは言われるままに目を閉じた。

「何かの考えが浮かんできても、また去ってゆこうとしても、そのままに任せておくのよ」

ニーナは優しく言った。

「私たちは、自分たちが感じる力に異なった名前を与えているの」

ハキムは注意深く聞いていた。

「私たちは異なった名前、お母さん、お父さん、神……といった呼び名で愛を表現しているの」

ニーナはつづけた。

「でも私たちは、どこに本当の信仰の対象があるのかを忘れてはいけないの」

彼女は間をおいた。

「それは自分自身――。最も高い意味での信仰は、真の自分に対して情熱的な愛情を抱くこと。本当のあなたは、すべてのものの中に存在する力と不可分のものなの。愛を表現するのよ、あなたのまわりにあるものすべてに対して、どの瞬間も。そうすればあなたは愛され――そして、いつでも愛されていることを感じるでしょう」

ニーナは少し間をおいてつづけた。

「私はどの瞬間も、自分の中の神性に対して、またすべての人の中の神性に対して信仰を持っているの。そして私のダンスと、教えるという私の愛の形にもね」

ハキムは火葬場で出会ったデヴィが言っていた、

愛は愛を生み出す……

という言葉を思い出した。

ニーナはさらにつづけた。

「人生の中にある数多くの相反するもの、神性と魔性、神聖と世俗。それらを調和させることのできる者には、自然に自由と幸福が訪れる。喜びと悲しみという両岸の狭間で、ある者は心地よく流れることができる。どちらにもとらわれることなく両方を体験するところに、自由はあるの」

彼女は両手をかざして言った。

「私はカリ、私はクリシュナ。私は高貴であり、卑しくもある。美しくもあり醜くもある。そして闇であり光。私はこれらすべてを生み出した神聖なる霊――あなたもそうよ、ハキム！」

ニーナはハキムを見て温かく微笑んだ。

ハキムは自分の体がどこかに行ってしまい、意識だけが浮いているように感じた。

「それがあなたよ――あなたはこれらすべてのものであり、それ以上のものでもあるの、ハキム」

彼女の声が、ハキムの中の何かを突き動かした。

「ひとたび自分が何者であるかを理解すると、宇宙はその秘密を教えてくれるわ。あなたの探している叡智は、あなたのものになる――」

ハキムはうなずきながら静穏さを感じていた。

「最も抵抗の少ない道は、愛と調和と喜びの道なの。それぞれの瞬間をありのままに受け入れること。今というこの瞬間が過去と未来への入り口なの。決してあらがわないこと。今という瞬間と戦えば、すなわち過去や未来と戦うことになるわ」

ニーナの声はハキムの意識にこだまし、彼の時間と空間に対する感覚を完全に失わせた。ハキムは、重力のない、トランス状態の中をさまよいながら、心地よい平和を感じていた。

突然ハキムはすべての感覚を取り戻した。部屋の湿りぐあいに、お香やほこりの混じったにおい。隣の部屋で回っている扇風機の音や、部屋の外で野良犬がゴミをあさる音。遠くのほうで鳴いているカラスの声、砂漠の村を通りぬける若い恋人たちの話し声——。目は閉じたままだった。にもかかわらず、眩しいほどの色鮮やかな光が、彼の内部に満ちあふれていた。まるで、体のすべての細胞が、新たな人生に歓喜の声をあげているようだった。高揚した感覚が体中をかけめぐるにつれ、ハキムはこれが目覚めている状態というものなのだろうかと思った。

目を開けると、ニーナの姿はなかった。隣の部屋の小さなテーブルの上には、気品ある筆跡でハキムに宛てたメモがあった。

ハキムはメモを取り上げ、ゆっくりと読み上げた。

「ハキム、親愛なる夜明けの子供へ

あなたはとうとう探し求めてきたものに気づきましたね。私たちは皆、守護精霊の光に導かれているのです。それは、私たちを上から見ている私たち自身であり、私たちを害あるものから守り、夢の実現に向けて導いてくれているのです。あなたの光、あなたの守護精霊はとても強いわ、ハキム。ガイドを信じ、あなたの心に従いなさい。いつでもまた家にいらっしゃい。また会う日まで。あなたのことは私の心にしっかりと留めておくわ。

いつも愛とともに　ニーナ」

ハキムは藁のカーテンの隙間からニーナの踊りをのぞいた。音楽は流れていなかったが、部屋に満ちあふれた高揚感のなかで、彼女は何度もくるくる回りながら踊っていた。うっとりするような彼女の踊りを最後に一目見ると、ハキムは振り返ることなく、小さな村を後にした。

途中、木のそばにうずくまっている二羽の鳥に気がついた。一羽は、宝石のような緑色に輝く目をのぞけば真っ白だった。もう一羽は孔雀で、突然立ち上がって尾を広げ、目もくらむような蛍光ブルーとグリーンの羽を見せた。ハキムはその美しさに見とれ、近寄って目をこらした。そのとき、内側から声が聞こえた。

私はあなたとともにいます、ハキム。私はあなたを導く者です……

その声は心地よく身近に感じた。ハキムは孔雀におだやかに微笑み、振り向いてまた歩き出した。

12 止まない風

「あなたは本当に魅力ある人生を送っておられる、本当にすばらしいですな」

太った男が、テーブル上のコースターにティーカップを置いた。男の目は壁に掛かる優雅なタペストリーと、床に敷かれたハンドメイドの絨毯に釘付けだった。

「どうしたら、こんな生活を手に入れられるのでしょうな？」

マスターの注意は別にあったが、男の質問に対して考えていないわけではなかった。目の前にいる男は役人だった。彼は太っていて貪欲で、豪華な絨毯やタペストリー以外は目に入っていないようだった。マスターにとって、男の肩書きは何の意味も持たない。彼にとって目の前の男は、腹を空かせ、食べ物を投げ与えられる動物にすぎなかった。

「ええ、まあ……手に入れることができたのです」

マスターは感情もなく言った。

「まあまあの生活を送っていますよ」

「しかし、どうやって。教えてくれはしませんかな？」

役人は身を乗り出して言った。

「働いたのです――」

マスターは間をおいて強調した。

「一所懸命にね」

部屋の中が暗くなっても明かりは点けずにいたので、がさつな客がくだらないおしゃべりをやめると、部屋の中に落ち着かない沈黙が流れた。

マスターの返事に役人は満足していなかった。

「私の推測がもし合っていたら教えてくれませんかな。私が知っているかぎりでは、おおよそ権力や金を持っている人間は、とても善良で情け深いタイプか、とても悪徳――無慈悲でずる賢く、人殺し的で、堕落したタイプか、どちらかに分かれるのだが、どうですかな？」

「そうですね」

マスターが男の推測に無関心に答えると、役人はすぐにつづけた。

「だとしたら、あなたはどちらのタイプでしょうな？」

マスターは男を刺すように見た。

「私はどちらかのタイプに自分を限定するような考えは持ち合わせておりません。私の力は、良いか悪いかといった定義を超越しているのです。私は自分の仕事において成功を収めたのです。それは心の深くにある願望や意志に対して、どのような行動をとればいいのかを理解していたからできたことです。それが私の富と力の秘密なのです。

これらはすべて私の所有物です」

マスターは部屋中に満たされた豪奢な品々を指さした。ペルシャ絨毯、東洋の花瓶、手彫りの家具――。

「私のもとにやって来ようが、出て行こうが、これらは私の力のシンボルにすぎないのです。私が楽しんでいる富は、力を正しく用いた結果です。私たちは皆、力を持っていますが、その使い方を理解している人は少ないのです」

今、マスターの思いは、賢者の秘密を探しに旅立ったハキムに向けられていた。自分の生徒であるハキムを、彼は今必要とし、求めている。それにしてもやつはいったいどこへ行ったのか。通りにいる者にでも言っておけば、間もなく、どこにやつがいるのかわかるだろう。


「私はもう行かなければならんのです」

マスターは席を立った。

役人はマスターの自信に満ちた口調に圧倒されていた。その言葉の意味は理解できなかったが、それでも深く感銘を受け、うらやましいと思った。

マスターは、目の前の無知で哀れな男を見やって気の毒に思った。

「シャンティ！」

彼は叫んだ。部屋の入り口から、小柄な召使いが調教されたネズミのように小走りで入ってきた。

「友人に紅茶のお替わりと、彼の望むものを出してやってくれ」

座ってじっとしたまま彼を畏れ敬う低能の男に背をむけ、マスターは言った。

「私のもてなしを存分に楽しんでいってください。私は行かなければなりません。助けを必要としている少年がいるのでね」

「あなたの助けを？」

ずんぐりとした体つきの男はすぐに好奇心を募らせた。

「ええ、その少年は二年前にここを逃げ出した孤児なのです」

マスターは顎に手を当て、部屋の中をぶらぶらと歩いた。

「彼は、私の知っている数少ない大志ある少年の一人です。彼なら私の仕事を手伝うことができるはずです。酒やギャンブルにかまけている、役立たずの息子と違ってね」

「ああ、ご子息カラン君について頭を悩ましておられることは聞いておりました。あなたのような偉業を成し遂げられた方にとっては、さぞ落胆すべきことでしょうな」

役人は、簡単には修復できそうもない、マスターの私生活での唯一のほころびを楽しんでいるように見えた。

「ええ、しかしその少年は私を落胆させはしないでしょう。私の提案を聞けば、彼は喜んで私の仕事をこなしてくれるはずです。が、彼は今、必要な教養を身につける時期なのです」

沈みかかる日の光がかろうじて届いているうす暗い部屋で、マスターの狡猾《こうかつ》な顔がかすかに浮かび上がった。

役人は黙ったままだったが、荒々しい呼吸音だけががらんとした静かな部屋にひびいていた。

マスターは訪問客が居るのを忘れているようにつぶやいた。

「そうだ、やつには教養が必要なのだ。しかし、情け深いタイプの人間からではない。それでは善良という考え方でやつを単に混乱させてしまうだけだ」

マスターは善良という言葉を嫌悪する口調で、あざけった。

「あの少年には指導者が必要だ」

マスターは顔に広がる笑みを抑えきれずに言った。

「やつには私のような賢者が必要なのだ」

ハキムは、何か大きな変化が自分に起こったのを感じながら、小さな村を後にした。彼は、「賢者」としか知らない誰かを探そうとしている努力が無益なのではないかと、少しずつ思いはじめていた。何百と村があるだけでなく、マスターに秘密を教えたという男が、何年も経ってふたたび現われ、秘密を教えてくれる可能性はほとんどないに等しい。それどころか、ハキムは本当に「賢者」が存在したのだろうかとさえ感じていた。

そんなふうに否定的に考えると、悲しみや失望の感情が押し寄せて来そうなものだが、不思議とそれはなかった。賢者を探すために旅をしてきたことが、無駄ではなかったとハキムは感じていたからだ。力についての秘密を発見したわけではなかったが、カーニバルでのマロニー、物語を聞かせてくれた老人、タロット占いのラミア、火葬場で出会ったデヴィ、トラック運転手のムスターファ、ダンサーのニーナ――皆がそれぞれに持つ叡智を教えてくれた。

願いつづけてきた物質的な富は、いまだ遠い夢ではあったが、幸せになるためのいくつかの重要な鍵を学ぶことができた。

もとはといえば、ハキムには喪失感――虚しく寂しい心しかなかったのだ。しかし、今は、内なる平穏のようなものがあった。

彼の魂の奥深いところで、新しい人生が芽生えていた。ニーナのメモは、彼が理解しはじめていることの後押しをしてくれた。それは彼自身の心のどこかに人生の目的が隠されていて、それを探し出せば、自分にふさわしい特別な場所を知ることができるということだった。

13 暗黒の炎

最後に寝たのはいつのことだったか――。

ハキムは、激しい動悸と気だるさからひどい無気力状態に陥っていた。横になって眠る場所を探すために、かろうじて目を開けているようなものだった。

体力の限界を感じつつも、ハキムはなんとか村の外れまで歩いてきたのだった。

夕暮れ――日はすでに沈み、地平線にオレンジ色の光がわずかに残っているばかりだった。道の西側に当たる路肩に一台のトラックが駐車していた。トラックのそばの木の下には、運転手の男が背を向けて立っていた。ぶつぶつひとりごとを言って物思いにふける様子の男の頭上で、男が吐き出したタバコの煙が渦を巻き、雲をつくっていた。
ハキムはおそるおそる男のほうへ近づき、気づかれないように横をすうっと通り抜けると、トラックの後部へ素早くまわりこみ、そのままトレーラーに乗りこんだ。乗りこんだとき、木製の板を張っただけのトレーラーの床が、ドシンとうつろな音をたてた。後部の積荷は、今までに見たほかのどのトラックよりも少なかった。荷台の大きなコンテナが動かないのを確認すると、トラックが動き出す頃には、疲れきったハキムの体は、深い眠りに落ちていた。呼吸と共にわずかに上下する彼の胸は、まるで重いおもりが載っててもいるように苦しげだった。それは何かが、夢の中でハキムが自由にイメージを描くのを邪魔しているようにも見えた。

ハキムは夢を見ていた。それは小さなろうそく店にいる夢だった。店には色や大きさの異なるあらゆるろうそくが揃っていた。それらはさまざまな動物の形をしていた。紫の牛、オレンジ色の猫、赤いコブラ——たくさんのろうそくに火が灯され、小さな店は温かな黄色い輝きにあふれていた。

ハキムはまわりを見渡し、チラチラと輝くろうそくの美しさを楽しんでいた。すべてはやわらかく、静かでゆっくりとしていて、大聖堂やモスクの雰囲気を思い出させた。感覚を研ぎ澄まされるような静けさに、かすかな風の音が混じった。

窓を見やると、外はすでに夜の色になっていた。

「何かお探しですかな」

振り向くと、金色のパネルを張った木製の机の向こうに、エキゾチックな容貌の男が座っていた。男はさりげなく雑誌のページをパラパラとめくりながら言った。

「何か特別なものをお探しですかな、もしかすると特別な誰かであるとか？」

突然、男がマスターに変わり、不気味で恐ろしげな顔でハキムを見つめた。その瞬間、思わず問いかけに答えてしまいそうになったが、すぐに平静を取り戻した。ハキムはマスターの突然の出現に驚いたが、思ったより恐怖を感じていない自分に気がついた。

「私ならその何かを知っている」

マスターはつづけた。

「私がここにいて、おまえの探し物の手伝いができるとは、おまえはなんとついているのだろう」

ハキムはマスターの顔をじっと見つめたが、いつものマスターとはどこかが違って見えた。相変わらず整った顔立ちではあったが、何かが変わっていた。

「……目の中の何かだ……」

ハキムは思った。

マスターはニヤッと笑った。それは何かをもくろんでいる甘い笑顔だった。彼が何かをもくろんでいるときは、きまってそういった顔をするのだ。ハキムは急に落ち着かない心地悪さを覚えたが、重いおもりでも背負っているように身動きがとれなかった。

「ずいぶんと遠くまで来たじゃないか、ハキム。おまえが探しているものに近いところまで来ているよ。私が賢者を見つけ出すのを手伝ってやろう。思い出すのだ。おまえを叡智と力の旅へと向かわせたのは、ほかでもないこの私だということを」

言葉を返す間もなく、マスターは腕をつかみ、どこまでも長くつづく曲がりくねった通路へハキムを引きこんだ。すると突然、その通路は迷宮の廊下に変わった。マスターはその道を知りつくしているような足どりで進んで行った。廊下は下り坂になっていて、ハキムは足元に細心の注意を払ったが、延々と緩やかに傾斜しているばかりだった。

「どこに行くんですか？」

しばらくたって、ハキムは、沸き上がる好奇心をかき消すように尋ねた。

マスターがクスクスと笑って言った。

「おまえが私をここに連れて来たというのに、どこに行くんですかだと？　おまえの想像の世界、魂の領域が私を招いたというのに、そんなばかげた質問をするのか？」

彼はもう一度笑った。

「とても愉快だ、ハキム。じつに愉快だ」

ハキムはマスターの後を追って闇の中をしばらく歩いた。やがてマスターは立ち止まり、

「さあハキム、学ぶときが来た」

と振り向いて言った。

「完璧な教師が現われてこそ、正しく学べるのだ」

ハキムはその言葉の意味が理解できずに、マスターの顔を見つめた。

「すばらしくはないかね？　少年よ」

マスターはハキムに近づき、あたりに広がる暗闇を見まわした。

「少し暗いが、私にはちょうどいい」

彼は微笑んで手を伸ばし、どこからともなく出現した細いひもをつかんで引っ張った。

すると突然、暗闇がまったく別の光景に変わった。

——二人は、七つの大きな灰色の岩が円形に立ち並ぶ中に立っていた。七つの岩の上にはろうそくが一本ずつ立てられ、かすかな風にチラチラと揺れていた。

「では……」マスターが言った。

「おまえがずっと知りたがっていた富と力の秘密を、ハキム、私はおまえに教えることにしよう。代わりに、私のために働くだけでいい。そうすれば、おまえは身につけた知識を実践で生かすことができるだろう」

ハキムは沈黙していた。

誘惑するように囁きかけるマスターの言葉は、水晶のように鋭利ではっきりしていた。

「おまえ自身、あるいはおまえの考えや感情が広がりをもち、身のまわりの世界を理解しはじめると、自分が力を持ったと感じるときが来るだろう。そこに真の力への鍵があるのだ、ハキム」

ハキムは、マスターの声にわれを忘れ、うなずいた。

「本質的には、おまえと私、おまえが目にしているこれらの岩やろうそくは、すべて同じものからつくられているのだ」

マスターは、光と闇が交差する場所でゆらゆらと燃えているろうそくを指さした。

「私たちは皆、同じ構成要素でつくられているのだ。酸素、水素、窒素、炭素、そしてほかの少量の成分だ」

ハキムはマスターを見ようとしたが、なぜか彼の右目の横にあるほくろ以外は目に入らない。

「つまり重要なことはだ、ハキム……」マスターはつづけた。

「成分は皆、同じということだ。違いといえば、その同じ成分をどうわれわれが扱うかということだけだ。われわれは皆、自分自身の世界を創造する責任がある。われわれが経験する世界は、自身の認知、自身の創造による産物なのだ」

そう言うとマスターは微笑んだ。マスターが両手を開くと、青と緑に着色された地球の形をしたろうそくが現われた。マスターには、このマジックが少年の心を動かすとわかっていた。彼がふたたび手を閉じて腕を胸に引き寄せると、二人を取り囲んでいた岩のろうそくの芯が一斉にぼうっと音を立てて燃え上がった。

「私について来るか？」

ハキムは首を横に振った。

「皆が同じものからつくられているこの世界で、どのようにすれば僕は、あなたとは違う自分だけの世界を創造することができますか？　僕はあなたにはついて行きません」

マスターは微笑んだ口をさらに広げて言った。

「私の体はどこで終わり、おまえの体はどこから始まると思う、ハキム？　私たちは同じ物質でできているのに、違った世界の体験をさせているのは、構成成分の集合体である自分をどう認知するか――意識の中で、どのように自分と向き合うかにかかっているのだ。信念を変え、見方を変えることによって、われわれは自分の体験を変えることができ、そしてわれわれを取り巻く世界さえも変えることができる。自分自身に真の境界線や限界というものは存在しない。つまりわれわれを取り囲む世界から、自分を分離することはできないということだ。内なる力を習得したとき、初めて私たちは外部の力に影響を与えることができるのだ」

マスターは口を大きく広げてニヤっと笑った。

「可能性が見えたかね、ハキム？　私たちが自由にできる力だよ」

マスターの言葉に魅かれ、ハキムはうなずいた。

「注意深く聞きなさい」

　マスターは厳しい顔つきでハキムを見すえた。

「感情をともなった考えは強力な力を持つ。それは巨大なエネルギーだ。さらに、注目することによってもエネルギーはどんどん大きくなる。もし、われわれがそのことから注意をそらせば、それは力と重要性を失ってしまう。認知の仕方と意識の変換によって、どのように自分の世界をつくり出せばいいのか……わかったかね？　われわれが何に注目するかを選ぶことによって――欠乏か豊富か、力をくれるものか、力をなくすものか――を自分自身に引き寄せることになる」

　ハキムは戸惑っていた。

「ただそれについて考えるだけで、欲しいものは何でも手に入るということですか？」

「考えだけではない、ハキム」マスターが答えた。

「考え、注目することに加えて、意思を持ち、行動することも同じく必要なのだ。自分が何を望んでいるのかを明確にしなければならない。そしてそれを手に入れるために、自発的に行動することだ。意思はその望みを叶えるために、細部にわたる無限のデータを集める。意思はマジックなのだ。行動はそれを活性化するために必要となる。私がおまえを弟子として選んだのは、わが息子はこの原理を理解することができなかったからだ。やつは怠惰で、何ごとに対してもやる気がなかった。

注目、意思、行動。これらは願望実現のための手順なのだよ。この知識を応用すればおまえの望むものは何でもおまえのものにすることができる」

マスターはふたたび甘い笑顔をつくってみせた。

「私はおまえの人生のすべてを知っているんだよ、ハキム。おまえは同じ世代のほかの少年たちと同じように、自由を求め、力を求め、金さえあれば買うことのできる高級品を追い求めてきた。おまえはこれらすべてを手に入れることができるのだぞ、ハキム。おまえが今まで求めてきたものはすべて——いや、それ以上だ！」

ハキムはうなずき、マスターの提案について考えた。マスターから学ぶということ、そして賢者の秘密を聞けるということは、この上ない魅力だった。しかし、ハキムにはマスターのこの話を、なぜか容易に信じることができなかった。いつまでも彼の中には不安が居座り、灰からくすぶり出る煙のように、消すことのできない疑念が強くなるばかりだった。

ハキムが何かを答えようとしたちょうどそのとき、一瞬周囲が明るくなった。二人がふと見上げた瞬間、突如、岩のサークルは姿を消し、気がつくと、彼らはろうそく店に戻っていた。

マスターはパネル張りの机の向こうに腰かけていた。突然、入り口のドアがガタガタと大きく鳴った。二人は誰が来たのだろうとドアに目をやった——マスターは苛立ちを隠せずに、ハキムは素朴な好奇心から、彼らは同時にドアのほうを見た。

暗い色のフードで覆われた顔ははっきりしないが、若い女性がドアの窓からのぞいていた。女性は指に飾られた指輪で、コンコンとドアのガラスを叩いた。ハキムは彼女の明るいオリーブ色の指に、緑色のエメラルドが光っているのを見つけて、目をこらした——その指輪はハキムを遠くなつかしい気持ちにさせた。どういうわけか、その指輪はいつも彼をなぐさめ、安心させてくれる、愛を持った神秘的な人の指に現われるのだった。ハキムはいつも誰かに見られ、守られていて、さらには正しい選択をするように導かれている気がした。

苛立った様子でドアのほうを見たマスターは、誠実げな笑顔をとりつくろって大声で言った。

「申し訳ございません。本日はお休みなのです。ハキム、彼女に今日は休みだと言え」

マスターは外の客人に聞こえぬよう、押しころした声でハキムに命令した。そのとき、マスターもまた彼女の指輪に気づいた。もはやマスターも自分が狼狽している事実を覆い隠すことはできなかった。

ハキムはドアへ駆け寄った。

「……ま、まだ話は終わっていないぞ」

マスターが叫んで、指輪でドアを叩きつづける彼女を見やったときには、ハキムはすでにドアのところに立っていた。

「少年よ、まだ終わっていないぞ。おまえに必要な話をすべて話したわけではないのだ」

入り口の女性はマスターに向かってわずかに笑みを浮かべてから、ハキムを見て優しく微笑むと、ハキムがドアを開ける前にいなくなっていた。通りには誰もおらず、ひっそり静まり返っている。ハキムがおもむろに視線を落とすと、彼女が立っていた場所に一本の白いろうそくが立っていた。暗闇の中でゆらゆらと燃える炎は、周囲をやわらかく照らしていた。

ハキムは手を伸ばしてろうそくに触れようとした。そのとき、体に激しい衝撃が走り、後方に投げ出された。同時に雷鳴のようなゴロゴロという音がハキムの耳をつんざき、目を開けると、彼の両手は目いっぱい伸びていて、夜空に高くのぼった満月に、今にも手が届きそうだった。

ハキムは移動するトラックの後部で横になっていた。ふたたび目を閉じる前に、彼はもう一度月を見た。

「夢じゃないみたいだ」

ハキムはそう思いながら、ふたたび夢の世界へ戻っていった。

14　静かなる海——漁師のおじいさん

トラックが停まって、ハキムは目を覚ました。太陽の位置からすると、かなりの時間眠っていたらしい。

「ここはどこだろう？」

トレーラーの外を見まわすと、村のようだ。静まりかえって、人の動きもないことを除けば、今までに見た砂漠の村とたいして変わらない平凡な村だった。

トラックのキャビンのドアは開いていたが、ラジオからは何も流れていなかった。ただただ、あたりは静寂に包まれている。

突然、ハキムに深い孤独感が押し寄せた。あたりを見まわして運転手を探そうとしたが、人の気配がまったく感じられない。トレーラーから飛び降りて誰もいない通りを見渡しても、その小さな村は寂しいだけで、さながら墓地のようだった。ただ穏やかなそよ風が、木の葉をサラサラと揺らしていた。


ハキムは空気に潮の香りがまじっているのにふと気づいた。注意深く耳を澄ますと、リズミカルに岸に打ち寄せる波の音が聞こえてくる。

音の聞こえる方向に歩き出そうとしたとき、朽ち落ちた建物の一つから、物音が聞こえた。

「……きっとトラックの運転手だ……」

自分以外の誰かがいると思っただけで、ハキムはなぜかありがたい気持ちになった。

少し行くと一階の扉が開け放してある建物があった。扉の奥に広がっているフロアには、空の容器が散乱している。ハキムがおそるおそる中に入ってみると、しめつけのゆるんだ木製の床が風にガタガタと鳴って、その音が部屋中にひびきわたった。

突然、奥のドアから若い女性が現われた。フロアに入ったとたん彼女はよろめいて、バランスを保とうとして空の容器を蹴とばしてしまった。バツの悪い沈黙のなか、ハキムと目が合い、互いにしばらく見つめ合った。彼女はダブダブのズボンに白いシャツを着ていた。目には輝きがあり、笑顔も魅力的だった。

「こ……こんにちは」

彼女が詰まりながら言った。

「こんにちは」

ハキムもそのまま返した。

「もしかして、誰かを探しに来たのなら、ここには誰もいないわよ」

「どこへ行ったのですか？」

思わずハキムは彼女に尋ねた。

「近くの村よ、とりあえずはね。でも数日後には定住する場所を探して、また移動するでしょうね」

彼女が答えた。

「この村を去るんですか?」

ハキムはここがどこなのかもよくわからなかったが、興味を覚えてさらに尋ねた。

「もう去ったのよ」

彼女は少し笑って言った。

「私はただちょっと、忘れ物を取りに戻ってきただけ」

「ここはどこなんですか? なぜこの場所は見捨てられるんですか?」

「ここは……あなた、知ってるはずでしょう! トラックで今着いたばかりじゃないの?」

彼女は外に停まっているトラックの方向を指して言った。

「漁師たちはもっと魚の獲れる海を求めてこの村を去ったの。私が思い出せるかぎりでは、ここには漁業以外の産業はなかったから、もう何も残されていないのよ、この村には……」

彼女はハキムを見ながらつづけた。

「生活の糧《かて》がなくなったのよ……村人は飢えるしかなかったわ」

ハキムは何と言ってよいのかわからず、彼女をただ見ていた。

「あなたがこの村ですることは何もないのよ、本当に。ある日、魚がいなくなっちゃったの。自然の摂理よ、変えることはできないわ」

彼女はハキムから目を離さなかった。

ハキムは、もしかしたら何とかする方法があるかもしれないと彼女に言いたかったのだが、言葉がうまく出てこず、黙っていた。

女性は微笑んだ。

「おじいさんがいるわ」

彼女は海側に面したドアを指して言った。

「彼はここに残ることに決めたのよ。彼はちょっと変わってはいるけどね、あなたが誰かを探しているんだったら助けてくれるかもしれないわ」

ハキムがその老人のいるほうへ行ってみようと踏み出すと、彼女が言った。

「今夜ここで、年長者たちと一緒に、村の最後のお別れ会をするの」

彼女が誘ってくれたのかどうかハキムにはわからなかったが、彼女はそれ以上何も言わなかった。そして彼女はさっき入ってきたドアへ向かった。

彼女の背中に、ハキムは声をかけた。

「僕はハキム」

彼女は振り返って笑顔で答えた。

「私はマヤ」


灼けつく日射しの中、老人はその痩せた体を、色褪せたビニールシートの覆いでかばい、座っていた。背中をわずかに曲げ、細い足を古びた桟橋から投げ出して、子供のようにぶらぶらさせていた。禿げ上がった頭には、汗のしずくが光っている。

ハキムは用心深く老人に近づいた。老人にはにじみ出る温かさが感じられ、初対面の恐怖はすぐに消えた。

老人は振り返ってハキムを見、気どらない笑顔で少年を迎えた。

「こんにちは、少年。よかったら座らんかな」

老人は自分の隣を指さして言った。

「釣りをやってみんかね？」

老人は穏やかに釣り糸を海に投げた。手作りの釣り竿や、海へ伸びた釣り糸は、ひどく頼りなく見える。ハキムは位置を変え、あたりを見まわした。

「……変だな……」ハキムは思った。

「……餌もないし、バケツも網もない……この老人は何も釣っていないのだろうか……」

老人は彼に釣り竿を手渡した。ハキムは失礼にならないように手には取ったが、とても期待できそうになかった。隣に座って、棒切れと糸で釣りをしているこの老人は、見捨てられた村でいったい何をしているのだろうと、ハキムは不思議に思った。

そのとき、さっき出会ったマヤの言葉が心にひびいた。

　あなたが誰かを探しているんだったら、助けてくれるかもしれないわ……

老人が静かにクスクスと笑った。

「おお、人探しを手伝うんじゃな、そうじゃろう？」

ハキムは頭の中で考えていたことに突然老人が答えたので、呆気にとられた。

老人は無邪気な笑顔でクスクスと笑った。

「わしに何ができるじゃろうのう？　誰を探すんじゃ？　なにせ、わしはもう老いておるし、ただの漁師じゃからの……」

彼は頭を上下に揺らして、うなずいた。

ハキムは唐突に尋ねた。

「ところで、獲った魚はどこに入れるのですか？」

ハキムは入れ物がどこにもないとばかりに、老人の周囲を見まわした。

「いやいや、わしは魚は獲らんよ」

老人は大真面目に答えた。

ハキムはとまどいを隠せず、老人を見て言った。

「それで、どうして自分のことを漁師と名乗ってるのですか？」

老人はハキムから釣り竿を取ると海に向かって糸を投げ、いたずらっぽく笑みを返した。

「わしは海が好きなんじゃ」

「わしはここで、この釣り竿と一緒にこうやって座っていることを愛しとるんじゃよ」

老人は釣り竿を少し持ち上げた。

「わしは魚を愛しとるしの……だからわしは漁師なんじゃよ」

「でも魚を獲らないのに、なぜおじいさんは漁師なんですか？」

ハキムは納得がいかずにさらに尋ねた。

「なぜ、漁師であるために魚を獲らねばならんのじゃ？」

「おじいさんは自分で釣った魚を食べたことはないんですか？」

ハキムはこんどは興味を引かれて聞いた。

突然ひらめきが降りてきたように、老人の顔に笑顔が広がった。

「うん。わしは菜食主義者じゃから、魚は食べんのじゃ。それでもわしは漁師なんじゃよ」

老人はハキムの質問に答えることができて、ほっとしているように見えた。

ハキムはこの老人に魅せられてしまった。彼のことを十分に理解したわけではなかったが、なんとなく老人の説明に満足した。

「……つまり釣りを愛しているってことなのだろう……」

老人は優しくハキムを見た。

「そうじゃ、釣りを愛するということが、わしが自分を漁師と呼ぶゆえんじゃ。おまえさんは、愛しとることがあるかな？」

ハキムは特に何も思いつかず、老人の話に耳を傾けながら考えこんだ。

「注意深く考えてみるとな、自分がいったい、何をすることを愛しとるのかがわかるはずじゃ。誰もが特別な目的、特別な才能、他人に与えることのできるギフトを持っておる。そして、それが何なのかを発見するのはおまえさんの義務じゃ。おまえさんの特別な才能は、おまえさんに贈られた神様からのギフトなのじゃよ。そしてこんどは、おまえさんがその才能を使って何かをすることが、神様へのギフトになるのじゃよ」

「僕の特別な才能って何なのか……僕にはわかりません」

ハキムはつぶやくように言った。

「おじいさんは僕の才能を知っているんですか？」

老人はゆっくりと落ち着いた声で言った。

「何をすることがおまえさんの夢なんじゃ？　おまえさんの心はそれを知っておるぞ。ただ、内なる声に耳を傾けておらんだけじゃ」

老人は温かく微笑みかけた。

「僕はお金持ちになって力を持ちたい。……また自分の父と母を持つという夢があります。どうしたらこれらの夢を実現することができるんですか？」

老人は少し間をおいてつづけた。

「自分自身を信じることじゃ、少年よ。自分の夢を信じ、愛をもってその夢を追い求めるがよい。愛は奇跡と神秘の鍵であり、とても強い力なのじゃよ。愛するとき、おまえさんの夢がおまえさんを見つけることになる。しかしまず最初に、おまえさんが愛を信じ、奇跡も信じなければならん。でなければ、平凡でありふれた世界に自分を閉じこめることになるじゃろうよ。それは悪の側面ともいえるがの……少年よ」

老人は愛情をこめてハキムを見た。

老人の話はハキムの心の深い部分に触れた。

ハキムはトラックの中で見た夢を思い出した。マスターが力の秘密を教えてくれるというあの夢だ。ぼんやりとした記憶が、断片的に思い出されては消えていった。温かな光を放つろうそく、風が鳴らす音、下り坂の通路、マスターの提案、緑色に輝くエメラルドの指輪……。

老人がハキムの思考をさえぎった。

「おまえさんの先生とやら、うん、あの気味の悪いやつじゃ」

老人は辟易《へきえき》とばかりに言った。

「やつの言うておることもいくらかは真実じゃが、やつは、おまえさんにすべてを言うてはおらん」

ハキムは老人が自分の考えを読んだのだろうかと、不思議に思った。

「……おじいさんはマスターのことを言っているにちがいない……」

「おおそうじゃ、そやつのことじゃ」

老人はうなずくとつづけた。

「真に幸せな者は、自分の愛することをしながら、実は、同時に他人に与えておるものじゃ。やつは、そのことをおまえさんに伝えておらんのじゃ。与えるとき、富はいろんな形でやってくるんじゃよ……闇はあらゆるところに潜んでおって、おまえさんを誘惑しようとしておる。じゃが、力と地位、富と金を混同してはならんよ」

老人はニヤッと笑ってハキムの目の奥を深くのぞいた。

「おまえさんを本当に富ませてくれるものは、おまえさんの持つ特別なギフトをな、他人に与えることによって受け取る喜びじゃ。おまえさんを本当に力強くしてくれるものは、愛に満ちあふれた心——自分自身への愛、神への愛、生きとし生けるもの、生きていないもの、人生や、生命といったすべてに対する愛なんじゃよ、わかるかな……。いいかな、ひとつ話をさせてくれんか」

老人は声の調子を変えた。

「わしは漁師であると同時に、語り手でもあるんじゃよ。この話はわしのお気に入りなんじゃ」

「昔々のことじゃ、毎日、午後のお茶を楽しむために、同じ道を通って妹の家に通っている年老いた賢者がおった。彼は尖った岩で素足を切らんようにな、注意しながらゆっくりと道を歩くのが常じゃった。ちょうど同じ頃、やはり毎日、同じ道を逆方向に通ってくる若者がおってな、彼はでこぼこの道を、高価な革の靴を履いて軽やかに歩いておった。こうして二人は毎日すれ違っておったんじゃ。

ある日のことじゃ。二人がいつものように路上ですれ違ったときに、サソリが仰向けになって起き上がれんでおるのに二人は気がついた。若者は、老人が背中をかがめて、サソリを元のように歩けるようにしてやるのを見ておった。サソリが起き上がったちょうどそのとき、サソリは老人の手を刺したんじゃ。すぐさま若者は危険を感じてかけよると、靴を踏み鳴らしてその小さな生き物を踏みつけたのじゃ。そして老人に向かってこう言ったんじゃ。

『何をやってるんですか。なんて馬鹿なんですか。サソリが刺すとわかっていて、なぜ触ったりなんかしたんです？』

すると老人は悲しそうに、死にかかっている生き物を見つめてこう言ったのじゃ。

『わしにはおまえさんのほうが理解できんよ。サソリに刺すという本質があるように、わしら人間にも、愛するという本質があるじゃろうが……』」

老人は話すのをやめ、海を見つめた。漁師の話に熱心に聞き入っていたハキムはすぐに尋ねた。

「ぼくの本質は何なんですか？」

「それはおまえさんが選ぶことじゃ、少年よ。愛の道は、どんな瞬間にも自分で選択することにあるんじゃ」

彼の声はやわらかく、優しかった。

ハキムは漁師のほうを向き、顔をまじまじと見た。年齢にもかかわらず、クスクスと笑ったり、歯を見せて笑う仕草は、まるで子供のようだった。彼の中には疑いなく、はじけるような若さの源があって、そのエネルギーは彼の周囲のすべてに行きわたっているのだ。そして、ハキム自身にも老人の持つ力が伝わってきて、大きな喜びが満ちてくるのを感じた。

魚を獲らず、話をするのが好きなこの老いた漁師から発せられる声には、人を癒す力があった。

「……これが愛……」

そう理解するにつれ、ハキムの心に花が開いていく感じがした。

「おじいさんは賢者といわれている人なんですか？」

ハキムは静かに尋ねた。

「わしはとても賢いぞ」

老人は笑いながら頭を横に振った。

「わしは自分の目で、たくさんのものを見てきた。じゃがな、わしはおまえさんが探している賢者ではない。おまえさんの探し求めている賢者はな、最初っからおまえさんと共におるよ、ほらそこじゃ」

老人はハキムの肩を叩いた。

「おまえさんが見るのを拒んでおったんじゃ。じゃが、それはおまえさんが悪いのではないぞ。叡智とは、噴水から噴き出る水のようなものではない。どんなものでも、おまえさんがそれを十分に愛しさえすれば、みずからその秘密を明かすじゃろうよ。自分の心を見つめるがよい、息子よ。おまえさんが奇跡を信じるとき、おまえさんは夢の創造者となるのじゃ」

そう言うと老人は話をやめ、顔を上げた。

彼は沈みゆく太陽を見つめた。その光が放つ叡智を感じ取ろうとするように。彼は海を見つめた。その表面よりもずっと深くに眠っている古代文書を読むように。彼は耳をそばだてた。風の囁きに耳を澄ませ、遠い地から運ばれてきた秘密に耳を傾けるように。

「……おじいさんは愛そのものだ……」

空が海と抱き合う場所を目で探しながら、ハキムは思った。

海は沈みゆく太陽に合わせて、明るいオレンジ色のさまざまな色合いをその表面に映し出した。

老人はゆっくりと立ち上がって言った。

「さあ、おまえさんが魚を獲るときが来たようじゃの」

そして、クスクスと笑いながら、足の痛みをほぐすかのように膝を伸ばした。

「わしは五千匹の魚を獲った男の話を聞いたことがあるがね……」

老人は目をキラキラ輝かせているハキムに向かって言った。

「彼は五千匹の魚を獲って、村全体に分け与えたんじゃよ」

老人はその偉業への驚きを示すかのように眉をはね上げて言った。

「おまえさんは、わしにそんなにたくさんの魚が獲れると思うかね？　わしにはおまえさんなら可能だと思うがの、おまえさんはまだ若くて、強いからの」

ハキムが何かを言おうとしたのを老人がさえぎってつづけた。

「わしらの夢は実現することになっておるんじゃ。もし夢が果たせなければ、夢を見る目的はなんじゃろうな？」

そのとき突然、老人の持っている釣り竿が強く引いた。晴れやかな笑顔が老人の顔にパッと広がり、ハキムに釣り竿を手渡した。ハキムはあわてて釣り竿を握った。

「引き上げるんじゃ、少年」

老人が愉快そうに言った。

ハキムが釣り竿を一気に引き上げると、海の中から魚がのたうちまわって現われ、そして彼の横にドサッと落ちてパタパタと動いた。釣りなどしたことのないハキムは興奮を抑えきれず舞い上がった。


「魚を海に返すんじゃ」

突然、老人は命令した。

一瞬、ハキムの顔は驚きの表情に変わり、きっと聞きまちがえたのだろうと自分の耳を疑った。

「さあ、海へ返すんじゃ」

老人は強くうながした。

「でもなぜですか？」

ハキムは言い返した。

老人は父親が息子に対するような厳しい視線をハキムに投げた。

仕方なくハキムは銀色の魚を海へ投げ、新たな生をもらって勢いよく泳ぎ去る魚を、口惜しそうに見つめた。

「わしらには、富を確認するための記念品など、必要ないんじゃよ」

老人はつづけた。

「わしもおまえさんも、あの魚が必要なわけではないじゃろう」

「わしは菜食主義者、おまえさんだってにおいのする魚を持ち帰るつもりがあるわけじゃなかろう？」

老人はやわらかく一人笑いをした。

ハキムはさっき会ったマヤと村人のことを考えた。

「魚を必要としている人はどうなんですか？」

「彼らが食べるための魚は、たくさんおるよ」

老人は目の前に広がっている深い青色の海を指さして言った。

「わしらは、ものを頼む適切な方法さえ知ればいいんじゃ。富める海にまず望みの種をまき、その望みを信じて、海が魚を豊富に運んできてくれることを期待するんじゃ」

老人が歩き出したので、ハキムも後を追った。

「彼らがおまえさんを待っておるよ」

誰のことを言っているのだろうとハキムは思った。

「マヤとはサンスクリット語でどういう意味か知っておるかの？」

老人はまるで重要な秘密を教えてくれるかのように囁いた。

ハキムは首を横に振った。

「幻じゃよ。マヤとは、われわれが住む現実世界という幻のことなのじゃ。マヤは、霊性を隠す物質の仮面なんじゃよ」

老人はクスクスと笑うとそのまま立ち去った。


ハキムは漁師の言った言葉について考えた。

富める海にまず望みの種をまき、その望みを信じて……

その言葉の持つひびきは身近に感じられた。この村を見捨てなければならない村人のことを考え、ハキムはなんとかして彼らを助けたいと思った。

ふと、鐘の音に気づいた。遠くで歌を歌う声が聞こえる。マヤが言っていた別れの儀式が始まっているのだろう。

村人は自分たちの家に別れを告げるために集まっていた。ハキムは村に入って、群集に加わるとマヤを探した。

そのとき、後ろのほうで突然叫び声が聞こえた。振り向くとハキムと同じ年頃の少年が、桟橋からつづく小道を通ってこちらに走ってくるのが見えた。片手に釣り竿を持ち、もう片方の手には光沢のあるブリキのバケツが握られていた。少年が何を言っているのかはよくわからなかったが、少年が村人たちのほうへ走っていくと、長老の一人が彼を止めた。

「どうしたんだ？」

長老は聞いた。

少年は釣り竿を投げ捨てるとバケツを指さした。ハキムも近寄って見てみると、さっき彼が獲ったものと同じ銀色の魚がバケツいっぱいに入っていた。

少年のまわりに駆け寄ったほかの村人たちも長老も、息をのんだ。

「何百、いや何千も！」

少年が甲高い声を上げげた。彼はほとんど興奮を抑えきれない状態だった。

「どこだ？」

長老が聞くと、

「桟橋の下に」

と、少年は即座に答えた。

「来て！」少年はバケツを下ろし、手を振って村人を誘導した。

「海が魚でいっぱいなんだ！」

村人たちは急いで少年について行った。ハキムも彼らの後につづいた。桟橋に着くと、少年が立った場所はハキムが老いた漁師と先刻までいたまさにその場所で、少年が指さした場所は、ハキムが魚を返したまさにその場所だった。

長老はにわかには信じられないといった面持ちだった。

ハキムが木製のデッキの縁まで行って海をのぞきこんだとき、村人たちは興奮のあまり大声で歓喜の声を上げた。

「これは本物だ！」

村人の一人が、この光景が消えてしまうんじゃないかと目をこすりながら叫んだ。

「これは奇跡だ！」

老いた女性は涙を流して、両手を空に向かって差し出し、神の恩恵を称える歌を歌いはじめた。

ハキムはもう一度、海に視線を投げた。海の表面は一面銀色に輝いている。

「無数の魚がいる……」そうつぶやくとハキムは、呆然と海を見つめた。村の再生を祝い、舞い上がっている村人たちの中で、ハキムの存在に気をとめる者は誰一人いなかったが、歓喜に酔いしれる人々を見ているだけで、ハキムの心は喜びで飛びはねんばかりだった。今初めて、何か特別なものの一部になった感じがした。具体的には説明はできないのだが、村の再生の重要な一翼を担ったことを感じた。


遠く離れた所に、ハキムを見つめる人影があった。少年がふと振り返ると、あの老人がこちらを見ていた。頼りなく釣り竿を握った漁師の指には、指輪がはめられていて、緑色の輝きを放っているのに初めて気づいた。

ハキムの頭に声がひびき渡った。

夢を信じなさい。私はいつもあなたとともにいます……

目を細め、漁師にもう一度目を移すと、老人の姿はすでになかった。

15 夜の前触れ

儀式が佳境に入った頃、ハキムは小さな村を後にした。賢者探しを終え、彼は旅を始めた街に戻ろうと思った。彼は今、かつて数かぎりなく歩いた通りの街角に、新たな運命が待ち受けていることを知っていた。

叡智はあらゆるものと人に、そして世界中のどんな場所にも存在することを、彼はすでに学んでいた。

夜もすっかり更け、満月が空高くのぼった。道には誰もいなかった。ハキムは鉄道の駅へ向かうことにした。彼はかつて、荷物があふれんばかりに積まれた車両の屋根に隠れ、ときには自分よりも大きな鞄の間に埋まりながら、無賃乗車を繰り返していた。車掌も、彼や彼の仲間たちがたくさんいるのは知っていたのだが、車内に乗られて彼らがトラブルを起こすよりは、屋根に座らせておいたほうがましだと判断していたのだった。

駅は夜中だというのに賑やかだった。電車が駅に到着すると、ハキムは素早く乗りこんだ。月明かりの下、ほかにも乗客が屋根に上ってきて、暖かくて心地のよい位置に身を落ち着かせていた。

ハキムが後ろのやわらかい鞄に頭をもたれさせて寄りかかり、広大な夜空をのぞきこむと、銀色に輝く星たちがかぶさってきた。ハキムは学んだすべての意味を理解しようとしたのだが、すぐにドッと疲れが押し寄せ、瞼が重くなった。

「やあ、また会ったね」

聞きなれた陽気な声がひびいた。

「会えてよかったよ、ハキム」

ハキムが目を上げると、電車の屋根伝いに歩いてきたあのカーニバルのマジシャン、マロニーの元気な顔が見えた。

「僕もおじゃましていいかな？」

マロニーがハキムの隣を見下ろし、ハキムは横に詰めて、友人のための場所をつくった。

「家に帰るのかい？」

マロニーが口を開いた。

「といっても、僕や君のような者には、そのとき居合わせたところが家なんだけどね」

彼はクスクスと笑った。

電車が線路に沿って傾き、ギーギーと鋭い音をたてた。

「教えてくれないか、君の探していた賢者は見つかったのかい？」

マロニーは月を見ながら言った。

ハキムは何と答えていいのかわからなかった。

「心配しなくていいんだ。たぶん君はとってもすばらしい旅——奇跡の旅をしてきたのだろうけれど、これで終わりじゃないだろう？」

マロニーが微笑むと、ハキムも認めてうなずいた。

「じゃ、僕が今の時間できることを教えてあげるよ、友よ」

マロニーが意気込んで言った。

「街に着く前に、君の旅の話を全部話してくれないか？」

ハキムはしばらく考えたが、どこから話せばよいのかわからなかった。マロニーがさらに突っこんで言った。

「じゃ、僕が質問するから、それに従って話を進めるっていうのはどうだい？」

彼は服のポケットから何やら取り出した。

「宇宙」のカード。

ハキムはそれを見て微笑んだ。マロニーの取りだすカードのテーマに沿って話をするのだ。

「物ごとを生み出すものが唯一の力なんです。僕たちはすべての人や物の一部であり、宇宙とは自分の延長なんです」

ハキムは手を広げて、ゆっくりとつづけた。

「静けさの中にいると、自分の心の声を聞くことができ、内なる叡智に従うことができるんです」

マロニーが微笑んだ。

「君の言うことはまったくそのとおりだよ。一度このことを知れば、君はもう決して孤独を感じることはないさ」

マロニーがハキムの膝に別のカードを落とした。そのカードをめくってみると「戦車」――旅のカードだった。

「僕は賢者の秘密を探しに旅に出ました。でも学んだことは、自分に帰るということでした。すべての人は他人に与えることのできる特別なギフトを持っていて、それを与えることで、僕たちは自分たちの夢を実現できるということを学びました」

ハキムはちょっと得意げに笑った。

電車が丘を下りはじめると、エンジンはスパンスパンと音をたてながら速度を下げた。ハキムは荷物にもたれて、さっきまでいた村の人々のこと、漁師や彼の釣りにかける愛について考えをめぐらせた。マロニーはポケットから別のカードを引いたが、すぐにしまいこんだ。カードなしでハキムが何を話すのか聞きたかったからだ。

「もっとも偉大な力へといざなう道は、愛への道です」

ハキムはその表現に自信をもって言った。マロニーの驚いたような表情に気をよくして彼はつづけた。

「愛には人生や生命そのものに対する情熱的な愛と、人や物に対する情け深い愛がありま
す」

「ああ、君は最も偉大なレッスンを学んだんだね」

マロニーが静かに言った。

電車は今、猛スピードで真夜中の空間を突き進んでいた。月はすべてのものに銀色の輝きを与えていた。ハキムがマロニーを見ると、彼の白い髪は月明かりの下で青白く光っていた。

ハキムは少し考えた。愛や情け深さの大切さはわかったが、今までに街角で見てきた、強欲さ、人に対する恨みや悪意にからむひどい現実についてはどうなのか。

「世界中のひどいありさまはどうなんでしょう？」

マロニーが何について話しているのかわかっているものと思いこんで、ハキムは聞いた。

「なぜ、ある人々はあまりにも卑劣で残酷なのでしょうか？」

マロニーがゆっくりと話しはじめた。

「これはとても重要な、パズルの一部分だよ、ハキム」

彼は隣に座っている女性を指さした。

「彼女は僕の友人の蛇使いさ、その袋が見えるかい？」

ハキムが見下ろすと、茶色の麻袋が少し離れたところに置いてあり、確かに中で何かがゆっくりとうごめいていた。

「彼女の蛇は、一瞬にして人を殺してしまうほどの毒を持っている。ハキム、その毒こそが人々の中に住む、強欲やねたみ、悪意のようなものなんだよ。その蛇が咬みつくかどうかをコントロールする方法はないが、咬みつかれないようにする方法はある。

彼女が蛇を踊らせることができるのは、どう扱えばいいのかをわかっているからなんだ。彼女は蛇の本質を理解しているんだよ。蛇は威嚇されないかぎり、咬みはしない。人も同じようなものさ、ハキム。人間の行動は蛇よりは予想しにくいけどね。

僕たちも皆、致死量に達するほどの毒を内面に持ち合わせているんだよ。僕らだって恐れを抱いたときに咬みつき、考えや信条で他人を害する。毒を生み出すものこそが恐れであって、その恐れからこそ、僕らは身を守らなければならないんだ。他人の中にある恐れをコントロールすることはできないけれども、彼らの毒を避け、自分自身の恐れの考えをコントロールすることはできるんだ」

あなたは自由にカードを選択することができるのです。そして、同じようにあなた自身の運命もね……

タロット占いのラミアの言葉がハキムの耳にひびいた。

マロニーが語りかける声と電車の揺れの規則的なリズムの中で、ハキムはいつしか眠りに落ちていた。もっと起きていたかったのだが、瞼がどうしようもなく重かった。マロニーが立ち上がって去って行くのを感じ、なんとか目を開けると、マロニーの白い髪が、車両の脇のはしご伝いに見えなくなるところだった。

高速で走る電車が引き起こす、うなるような風の音をハキムは聞いていた。

電車の揺れるリズムが、まわりのあらゆる生命のリズムと同じであるとハキムが感じたのは、そのときだった。

つぎの瞬間、彼は静寂の中にいた――彼はどこにもいないけれども、どこにでもいた。

ハキムは不意に世界のはじまりを体験した。悲しみや痛み、孤独に苦しむ過去もなければ、約束や希望に満ちた未来もなく、ただ、今だけが存在した。そして唯一の力――輝く光、すべてのものに満ちあふれ脈打っている自由なエネルギーだけが存在した。

ハキムは空高く舞い上がった。そしてすべてを見て、すべてを感じた。彼は自由で際限なく広がっていた。まわりで展開されている世界のドラマをすべて目撃した。彼が脚本を書き、演出し、演技もした。街角でマントラを唱える聖職者であり、その横に腰かけている泥棒でもあった。父親であり、またその向かいに座っている息子でもあった。蛇使いであり、蛇でもあった。毒であると同時に癒しの練り薬でもあった。月であり、輝く星であった。青々とした水田であり、赤い砂漠の砂塵でもあった。

つぎの瞬間——ハキムは完全にわれを失うと同時に、本当の自分を知った。

彼の頬をやわらかな風がなでたのは、眠り落ちてからどれぐらいたった頃だろうか。目覚めると、一人の女性が彼の向かいに座っていた。

「お帰りなさい」

彼女の声はやわらかく穏やかだった。

ハキムは自分に帰る家があったらどんなにいいだろうと思ったが、彼女は何か理由があって現われたのだろうと思い直した。

「きっと夢を見ているんだ」

彼女をじっと見ているとそんな気がした。彼女は頭の上から肩にかけて飾りのない緑色のショールをおごそかにまとっていた。顔立ちは細く整っていて、本当に美しかった。華奢な肩は光を放ち、まわりの空間を照らしていた。ハキムは彼女の指に緑色の石があるのを期待して、彼女の手を見下ろした。すると女性はハキムの無垢《むく》な思いちがいに微笑んだ。見下ろすと、指輪はほかでもない、ハキム自身の指に輝いていた。


ハキムは目を開け、まわりを見渡した。ほかの乗客はじっとしていて、ある者はぐっすりと寝入っていた。そのとき、はしごを伝って屋根に人影が現われた。背は高く、身なりのきちんとした男が、荷物や寝ている人をまたいで、ゆっくりと近づいてきた。

人影はハキムの前に立ちはだかり、月をさえぎった。男のまわりにもれた白い月明かりだけが、ハキムを照らした。男は頭を覆っているフードを取った。彼が来るのを知っていたかのように、ハキムは穏やかにマスターを見上げた。

「おお、探していたんだぞ、ハキム！　おまえに重要な話があるのだ」

マスターは少年を見つけて興奮しているようだった。

「帰ってください」

ハキムはやわらかく、しかしはっきりと言った。

その言葉にマスターの顔はゆがみ、口ひげが引きつったが、彼はなおもつづけた。

「おまえに提案があるのだ。おまえが望んでいるものを……」

「僕はあなたのために働きません。帰ってください」

ハキムは自分でも驚くほど自信をもってマスターの話をさえぎった。

マスターは負けを受け入れるのを拒むように笑った。

「少年、おまえは残りの人生を、また通りで飢え、他人から物を盗んで生きるがいい。私にはおまえがまた腹をすかし、考えを変えるのが目に見えている。そのとき、どこに行けば私がいるかわかっているな……」

マスターは一心にハキムを見つめた。少年の何かが変わっていた。どこかが違って見えた。

「……目の中の何かが……」

マスターは他人を読むことには長けていた。彼にはもう、今となってはハキムを説得するすべなどないことがわかって、ゆっくりとうなずくと、背を向けて去っていった。ハキムは、マスターの黒い影がはしごを伝って車内へ消えるのを見ていた。

ハキムはこの上ない安堵感に満たされた。心臓はまだドキドキ高鳴っていたが、勝利と喜びの気持ちでいっぱいだった。

ハキムは膝の上に置かれていたカードを見た。

「宇宙」。すべては思うがまま――。

そのカードをポケットにしまったちょうどそのとき、ハキムの喜びを表わすかのように、電車の警笛が夜の闇をつんざいた。エンジンから出た煙が渦を巻き、空に向かってのぼっていくと、青白い月が優しくそれを受け止めた。彼らを乗せた電車が故郷の街へと近づくにつれ、遠くに見える街の灯がチラチラと瞬きはじめた。

ハキムはかつて味わったことのない満足感に浸っていた。彼は孤児としてこの街を出た。しかし今は、街の子供として帰ってきたのだった。

16　夜明けの子供

　電車がゆっくりと終着駅に入ったのは明け方だった。電車は一度ガタンと前に傾いて止まり、目的地に着いたことを知らせる長い警笛を鳴らした。電車が到着すると、静まりかえっていた駅はにわかに活気づいた。車両の脇に荷物運搬係が駆け寄り、重い荷物を頭や肩の上に載せた。乗客は車両からゆっくりと押し出され、あくびをしたり、こわばった筋肉を思い思いに伸ばしたりした。

　ハキムが屋根から降り、改札口へと向かうと、マロニーの姿が目に入った。

「お帰り」

　マロニーは温かく微笑み、目を輝かせた。

「ありがとうございます」

ハキムは言った。

「さあ、友よ、今回の旅は終わったけれど、別の旅が始まるぞ」

ハキムは旅で出会ったすべての人について考えた。マロニー、そしてほかの誰もが、心の中の特別な場所で、永遠に自分の一部となるだろう。

マロニーはハキムを引き寄せ、愛情をこめて抱きしめた。二人は、これが最後なのではなく、いつか再会するとわかっていて――。

ハキムは駅のメインゲートへ向かった。メインゲートは英国コロニアル様式と、インドの建築様式を融合させた美しい造りの建物で、通路の上の巨大なアーチからぶら下がっている時計の針は、まもなく六時半をさそうとしていた。ハキムはゲートを抜けて通りを見渡した。うっすら白みはじめた空の下、街は完璧に振り付けられたダンスのように活気を呈しはじめていた。

一人の老人が建物の入り口に停めてある自転車の横にしゃがんで、車輪のスポークにチェーンを巻きつけている。チェーンのガチャガチャと鳴る音が石壁に反響し、二階に突き出たバルコニーで朝の祈りを捧げる女性の声と混じりあった。歩いている女性の足首で、細い銀の飾り物が鳴った。

ハキムは駅のゲートから出て、通りへ踏み出した。駅へ向かう露店商人が、装身具や土産物を一杯に詰め込んだカートを押し、到着した旅行客に呼び売りをするために、足早に通り過ぎた。ハキムはその男に、そしてふたたび生活の一部になった自分を取り巻く世界に、温かく微笑んだ。

「……すべてのものが違って見える……」

ハキムはそう思った。まるで周囲の空気までが変わったように、街全体がまったく新しいものに見えた。いったい何が変わったのか不思議に思い、もう一度街や周囲を見まわした。

建物の屋根にチラチラと光が踊りはじめた。通りは、たまに通り過ぎる車の音をのぞけば、静かだった。空気は冷たく、新鮮な朝の甘い香りがした。

道を行くと、戸口の上がり段の隅で、外の世界から身を守るようにして背を丸め、うずくまっている寂しげな影が目に入った。彼は一人で通りに寝ていた。衣服は汚れ、ボロボロだった。ハキムが近寄ると少年は目を覚ました。

「君は？」少年は見上げて尋ねた。

「僕はハキム」

ハキムは孤児のそばにしゃがみ、両手を首の後ろへまわすと、デヴィがくれたネックレスの留め金を外し、手に握った。彼はデヴィが教えてくれた叡智について思い出した。


与えるということは、生命が歌うための楽器なんだって……


「これは僕の友達がくれたネックレスなんだ。これを君に持っていてほしいんだ、さあ」

ハキムは少年の手にネックレスを置いた。

少年は驚きと困惑に満ちた表情で受け取った。

「さあ、行こう」

ハキムは少年の肩に手を置いた。

「君に話したいことがあるんだ。賢者と、富と幸福の秘密についての話をね」

少年は立ち上がり、目を輝かせた。

「あのね」

ハキムは少年の目を見つめて言った。

「僕は富と幸福の秘密を、賢者と呼ばれる人に教えてもらったんだ。それを知りたくはないかい？」

少年はうなずいて静かにハキムを見た。

ハキムは少年の目をのぞきこんで言った。

「誰でも他人に与えるための特別なギフトを持っているんだ。心に耳を傾ければ、それを知ることができる。幸福の秘密は、君の特別なギフトを使うこと、そして富の秘密は、それを他人に与えることなんだ」


太陽がゆっくりとのぼり、地面に暖かさが広がった。金色の光の帯が、淡いオレンジ色の空にパッとはじけた。二人の少年は肩を並べ、ほこりまみれの道を歩きはじめた。金色の光の帯につづく太陽をじっと見つめると、太陽がお帰りなさいと言ってくれたような気がした。直感的にハキムは知ったのだった。最初から、自分のために用意されていた約束があったことを。そして、この約束が新しい人生のはじまりとなることも。

〈訳者あとがき〉

地球の夜明けは始まっている

『夜明けの子供』と著者ゴータマ・チョプラについて

本書は一九九六年、米国アンバーアレン社より出版されました。原題は『夜明けの子供』(Child of the Dawn) といい、副題は、「覚醒への神秘的な旅」(A Magical Journey of Awakening) となっています。著者のゴータマ・チョプラ氏（後にゴッサム・チョプラと改名）の父、ディーパック・チョプラ氏は精神世界を代表する世界的スピリチュアルリーダーの一人で、代表作『人生に奇跡をもたらす7つの法則』等のベストセラー本の著者としても知られています。

そんな父を持つ息子のゴータマ氏は一九七五年、ボストンはマサチューセッツに長男として生まれました。本書を著したのは、彼が弱冠二十一歳の、まだコロンビア大学の学生の頃のことで、処女作であるにもかかわらず、本書は今日までに十三カ国で翻訳されました。

本書に序文を寄せたディーパック・チョプラ氏の言葉の中にもありますが、ゴータマ氏は「自分のユニークな才能を見つけ、それを人のために役立てなさい」とだけ両親に言われて育ちました。

そしてその結果、現在では、作家としてのみならず、メディア企業家としてもゴータマ氏の名前は全米に知れ渡っています。大学を卒業してからは、チャンネル1ニュースという、全米の高校に向けショートプログラムを配信しているテレビ局で、特派員、アンカーを務め、今でも毎日一万二千校を超える全米の高校で、八百万人以上の高校生たちに彼の姿は見られています。

その番組の中で彼は、イスラエルやガザ、パキスタン、チェチェン、イラン、インド等々、世界中の激動の戦地や貧困の地へとすすんで赴き、ブッシュ大統領やダライラマ、ウサーマ・ビン＝ラーディンの仲間の兵士、難民の子供たちなどにつぎつぎとインタビューをしながら、テレビの画面を通じ、世界の現状を高校の教室に精力的に伝えています。

ゴータマ氏はあるインタビューでこう答えています。「多くのアメリカ人はイスラムと聞くだけで、テロリストや原理主義者を想像します。でもアメリカの子供たちに、ムスリムの少年たちだって友達が欲しいし、成功だってしたい、キャリアだって積みたいんだってことを伝えたいのです。そして、それが子供たちを通して親御さんたちにも届けば……」

ゴータマの活動はそれだけにとどまりません。二〇〇二年には香港の俳優、チョウ・ユン・ファが主演する世界各国で上映されたカンフー映画『バレットプルーフ・モンク』（防弾の僧の意）の製作総指揮を務め、ゴア前副大統領率いるケーブルテレビ「カレントTV」のコンサルタント兼番組のホストとしても活躍しています。父のディーパック・チョプラ氏、英国ヴァージングループの会長、リチャード・ブランソン氏らと共に共同設立した「ヴァージンコミックス社」では、主任クリエイターとしてつぎつぎとコミック作品を世に送り出していて、ゴータマ自身もインドのバンガロールに拠点を置き、インド最大のコミックスタジオ「ゴッサム・スタジオ・アジア社」の開発社長として、西洋と東洋のコミック界の融合、既存コミックの相互紹介、新規作品の製作に尽力しています。
二〇〇四年三月には、米国の有力誌「ニューズウィーク」誌上で、「見る価値のある、もっともパワフルで影響力のある南アジア人の一人」と評され、「ニューヨークタイムズ」誌でも「全米で十代の若者が、最もテレビで見ている二十人のうちの一人」として取り上げています。彼の活動とその成果については枚挙に暇《いとま》がありませんが、父のディーパック・チョプラ氏は息子について、インタビューでこう答えています。

「私がゴータマの年齢だった頃は、私はいつも不安定な気持ちを抱えていたが、彼は本当に自立した男だよ。彼はいつでも内なる自己の声を聞き、人からのアドバイスを自動的に聞き入れてしまうことなどない。どんなにまわりで賞賛されようが意にも介さず、決して惑わされない。息子は真のヨギなのです。結果にしたって、まったく執着しない」

世界的スピリチュアルリーダーを父に持ち、四歳にして瞑想を習得し、自己の内なる根源につながることを覚えた男。いわば、「スピリチュアル界の申し子」といってもいい彼ですが、今となっては親の七光だという声も聞かれません。もちろん彼はそんなことは気にしませんが、それほど彼の活躍はめざましく、今では方々から引っ張りだこの人気者なのです。

訳者について

この書を翻訳した私は、いわゆる翻訳家ではありません。現在、東京大田区内でホリスティック施術院を開業している一カイロプラクターであり、一施療家です。患者さんは整体だけではなく、難病から心の病まで、さまざまな目的で来院されます。その私がなぜ翻訳を試みることになったのかについて述べるために、私のこれまでの経緯を交えてお話しさせていただきたいと思います。今でこそ人の心と体に注意を向けることを生業としている私ですが、この仕事に落ち着くまでには幾多の艱難辛苦《かんなんしんく》がありました。

団塊ジュニアの子だくさんの時代に、私は普通のサラリーマン家庭に生まれました。小学生の頃はしょっちゅう先生に呼び出されて、親を泣かせていた悪たれ坊主でしたが、その頃から、ただ一つはっきりと気づいていたことがあります。私の周囲に見えない誰かがいる、そしてその存在はいつも私を見守ってくれているということでした。つらいとき、悲しいときはその存在に話しかけました。しかし、明確なかたちで返答が返ってくることはありませんでした。

時は流れ、私は守ってくれている存在のことなどすっかり忘れて、過当競争の渦に巻きこまれていきました。受験した希望の学校、企業等にことごとく振り落とされ、常に不本意な気持ちを抱きながら、怒りと不満に満ちた日々を過ごしました。エリートコースを歩んできた父の希望に沿うことは何一つできず、完璧に落ちこぼれの人生でした。劣等感が募って自暴自棄になり、何かの間違いで生まれてきたんだと自分を責めました。そしていつしか自分を取り巻くすべての環境に耐えられなくなっていったのです。

二十代のとき、そんな自分が嫌でたまらず、バックパックを背負って海外放浪の旅に出ました。昼夜を問わず魂が悲鳴をあげつづけ、私に問いかけてきます。「おまえは何のために生まれてきたのか!?」。遠い異国の都市の道端で寝袋にくるまり、皓皓《こうこう》と輝く月を見上げて幾夜も嗚咽《おえつ》をあげました。

帰国してからは、肉体労働や深夜のアルバイトなどをこなすことで生活費を稼ぎました。どこかの企業になんとかもぐりこんだことも数度。しかしどれも長つづきはしませんでした。というのも、四六時中頭の中に鳴りひびく「おまえは何のために生まれてきたのか!?」という魂の叫び声を、どうしてもコントロールできなかったからです。「石の上にも三年」といいますし、数カ月や数年で会社を辞めてしまうのではあまりにも不甲斐ない。

忍耐力のないやつと思われたくなくて、なんとか会社に居つづけようと努力しました。

しかし、魂と体が一致しないと、体はとかく蝕まれていくものです。二十代のほぼ毎年、私は大病を患い、国内や海外の病院で何度も入退院を繰り返しました。それが原因で会社を辞めざるを得なかったこともあります。しかし、入院していても魂の声は止むことはなく、退院すると、私はまた自分探しの旅に出ました。魂の声の意味するものは何か？　何をすればこの声は消えてくれるのか。国内でなければ海外だと、本当の自分を探すためにお金をため、留学もしました。海外で就職し、ある程度はお金も稼げるようにもなりました。それでも、これが本当のあなただよ、と魂が教えてくれることはなかったのです。それどころか、魂の叫び声はどんどん大きくなっていきました。

私は神を呪いました。ほとんどノイローゼ状態で、居ても立ってもいられず、気がつくと毎晩深夜の街を徘徊《はいかい》していたのです。

あるとき、「神様がいるのなら話を聞いてくれ」と、神様に宛てた愚痴を、ノートに書きはじめました。それは毎日つづきました。それしか発散方法がなかったのです。誰かに相談しても、「考えすぎだよ」とか、「現実逃避だよ」という答えしか返ってこないことをすでに知っていましたから。

そうして数年が過ぎたある日、私の人生は突然動きはじめました。その日の夕暮れ、肉体労働の仕事を終えた私は、どういうわけか、どうしてもある女性に電話をかけたくて仕方なくなりました。自宅に戻ると、着替えもせずにすぐに私は受話器をとりました。そして私の電話を受けた彼女は、間もなくとんでもないことを言いはじめたのです。

「ずっと見ていたって。すべて知ってるって……」

私の過去を知るはずのない彼女の唐突な言葉に、私は愕然《がくぜん》としました。

聞けば、頭の中で誰かが彼女に向かって話しかけているとのこと。それを彼女が矢継ぎ早に私に語りはじめたのです。その存在の正体が知りたくて、私は彼女を通して何度も尋ねました。

「あなたは誰なんですか？」

「私が何者であるかは重要ではない。何者かを知ったからと言って、私が伝えることの重みは変わらない」

と、その存在は答えました。この会話は七時間に及び、私が何度も呼んだから現われたこと。私たちが奇跡だと思っていることを起こすことなど何でもないこと。地球上では多くの目覚めている人が誕生していること。真理のメッセージは、長い地球の歴史の中で人類に常に伝えてきたことなどをその存在は語ってくれました。

あまりにも突然の出来事に、いちばん面食らっていたのは彼女自身でした。

会話の中で、今でもはっきりと脳裏にこびりついている言葉があります。

「あなたは、生まれる前にそういう人生を歩むって決めたのを覚えてないかな？　すべて計画通りだよ」

その言葉は私の耳に、たとえようもないくらいの慈愛に満ちたやさしい声で響きわたりました。そのとき私の中で何かがつながったのです。小さかった頃、いつも身近に感じていたあの存在……。涙がとめどなくあふれてきました。あれからいつの間にか道を見失っていた……。

この体験の後、シンクロニシティー（共時性）がつぎつぎと起こりはじめ、身のまわりの世界が今までとは違って見えるようになりました。実際に自分を取り巻く環境が一変し、今の仕事も結婚も、この日を境に定まっていきました。さらに驚くべきは、私自身が、目に見えずとも守ってくれている存在の実在を確信してからというもの、小さい頃からつづいていた金縛りや身のまわりの霊現象がピタリと止み、それ以来一度も病を患っていないことです。

本書との出会いは、そんな出来事があってから間もなくのことでした。主人公のハキム少年のいたたまれない気持ちが私には痛いほど伝わってきたのです。自分が何者なのかわからないつらさ。何をしたらいいのかわからないつらさ。どこに行けばいいのかもわからない、相談する人もいないつらさ。

それでも、少年は前を向きます。前を向いて自分自身に正直に向き合う旅に出ます。そして数々の叡智を学んでいきながら、それを多くの人たちと分かち合おうとするのです。ハキム少年の正直で前向きな姿勢に私はとても勇気づけられました。自分の体験と相まって、自分に正直でいいんだ、魂の声が突き動かすままに生きていいんだという気持ちが強くなりました。自分が周囲にどう思われているかはわからない。でも自分に嘘はつけない。自分に嘘をつけば、自分が苦しいだけ。ならば、アウトローでもとことん自分に向き合おうと。

ハキム少年は富と幸福を求めて旅に出ました。孤児という境遇もあって、最初は現世的な富や幸福を求めて飛び出した旅でした。しかし、「賢者」を探す旅の途中で、少年は数々の叡智を伝える者たちに出会い、結果的には、失われることのない真の富や幸福を、自分自身の心の中に見つけるのです。

マスターが言うように、「考えは物ごとを引き寄せる」というのは宇宙の大原則であり、この法則はとかく、願望実現の法則として紹介されるのが常です。しかし、本書ではさらに踏み込んで、その奥にある厳然たる真理に触れています。それは、最後の登場人物、「漁師のおじいさん」が最後の最後に言った、「現実世界はマヤ『幻』である！」という真理です。この言葉を文字通り捉えると、この現実世界で我々が引き寄せている物ごとも「幻」なら、地球上で我々が体験しているすべてのこと、さらには我々が肉体を持って日々生活をしているこの今という時すらも、実はすべて「幻」だということになります。

私がこの本をどうしても訳したかった理由は、この究極の真理に深く感銘を受けたからです。この真理を振りかざしてしまえば、つまるところ、あらゆる成功法則も、物ごとを引き寄せる法則も、幻の上での法則となってしまうのです。つまり最初から何もない……。あるとすれば、我々を含めた、生きとし生けるもの、生きていないもの、そしてこの宇宙という幻を生み出した最初の純粋な思い――それを愛と呼ぶならば、それしかない……私はそう感じました。

本書はさらに、主人公ハキム少年の覚醒の旅を通して、今後、われわれ人類すべてがたどるであろう、霊的覚醒の過程を表わしているとも私は感じました。物質的な欲、つまり富や力のみを求める段階から、現実世界に起こる物ごとが自分の考えや思いによるものだと気づく段階、さらに、自分自身の中に人生の目的が隠されていると知り、心を通して大いなる慈愛や宇宙の叡智につながろうとする段階、そして最後は、大いなるものに守られていることを確信し、この世はすべて幻だと認識した上で、目に見えるものに惑わされずに、人生をゆったりと落ち着いて愉しむ段階――。一人の少年の旅を通して、人類の覚醒の段階がイメージで理解できる点においてもすばらしい作品だと思います。

私は、今もなお頭の中にひびきわたる「おまえは何のために生まれてきたのか!?」の声を聞くと、反射的に本書を手に取ります。本書にはその問いかけに答えるための、重要な叡智がぎっしり詰まっているからです。今までに数えきれないほど読み返していますが、本書は読むたびにあらたな気づきを与えてくれます。その叡智はあらゆる状況において、今すぐにでも実践できるものばかりだと思います。知識だけではなく、実際に実生活に役立てていくモチベーションも本書は与えてくれると思います。

最後に……

その真偽は別にして、あのときメッセージを伝えてくれた存在は、今では妻となった彼女を通して、もう一つ重要な言葉を残してくれました。
「誰もが皆同じだよ。自分で自分の境遇を選んでいる、一人残らずね」

夜明けの時代

二十一世紀はまちがいなく霊性の時代です。宗教等で境界をつくり、自分たちさえ良ければいいといった排他主義の時代は、とうに終わっているのです。国家間の分裂や闘争の歴史は、霊的な気づきを得ることでしか解決しないでしょう。境界線を失くし、皆で生きる知恵と術を分かち合う時代がすでに到来しているのであり、これはわれわれ人類が選んだ時代なのです。

一瞬にして、情報が地球の裏まで駆けめぐるインターネットが発明されたのは、人類史上、快挙でしょう。この快挙をめぐり、世界は今、一斉に一攫千金《いっかくせんきん》に走っているようですが、ハキム少年はいみじくも、持ち帰った叡智を皆で分かち合いたいと言いました。そう、それこそが愛なのではないでしょうか。「愛を持って夢を追い求める」「本当の幸せ者は愛することをしながら、与えている」という言葉はただ読み流すにしては、あまりにももったいない真理を含んでいます。

今、魂の奥深くに眠っていた叡智に、多くの人が気づきはじめています。心が生み出す世界にわれわれは生きている！　心が変われば世界が変わる！　つまり、目の前に見えているのは「思い癖」の結果だということです。目の前にある現実が幸せでも不幸でも、それは「思い癖」の結果であり、目の前に広がる景色は、心の持ち方でいかようにも移り変わっていく心の投影だということです。この現実世界が実はマヤ（幻）だということを知った上で人生を愉しむなら、人は今というこの瞬間に、もっと意識を集中することができ、望むものを引き寄せることができるような気がします。

地球の夜明けはもうすぐです。いや、もう始まっています。すべての人が、決して揺らぐことのない自分の本質に触れる時代がやってきたのです。「夜明けの子供」とはハキム少年のように今がどんなに不遇に思えても、素直に心を開き、前を見て真理を求めようとする人のことだと思います。「夜明けの子供」が一人でも多くこの星に生まれることを期待してやみません。

最後になりましたが、ゴータマ・チョプラ氏の初の著書をこういう形で初めて日本にご紹介させていただけることを、心から嬉しく光栄に思います。著者のメッセージが少しでも皆様の心に届きますように。未熟な訳者を支えてくださった多くの皆様のおかげで本書は形になりました。なかでも、温かい目で我慢強くご指導いただきました風雲舎の山平松生氏に衷心より感謝申し上げます。

二〇〇七年　盛夏

丹羽　俊一朗

ゴータマ・チョプラ（Gautama Chopra）

1975年米国ボストンにて、ディーパック・チョプラ氏の長男として生まれる。四歳にして瞑想の術を得、内なる静寂に慣れ親しむ。コロンビア大学卒業後、作家、TVアンカー。メディア企業家としても、米国、インドを拠点として活躍している。本書はコロンビア大学在学中に著した処女作。ほかに「Familiar Strangers」など。

丹羽　俊一朗（にわ・しゅんいちろう）

1970年東京都生まれ。大学卒業後、国内外でさまざまな職業を経たあとで医療の道へ。カイロプラクター。ホリスティック施術院・グリーンヤードキュアセンター院長（http://www.g-yard.com）。スピリチュアル茶話会「天空の会」主宰（http://tsign.infoseek.ne.jp）。

夜《よ》明《あ》けの子供《こども》（Child of the Dawn）

初刷　2007年10月1日

著者　ゴータマ・チョプラ

訳者　丹《に》羽《わ》俊《しゅん》一《いち》朗《ろう》

発行人　山平松生

発行所　株式会社　風雲舎

〒162-0805　東京都新宿区矢来町122　矢来第二ビル

電話　〇三―三二六九―一五一五（代）

注文専用　〇一二〇―三六六―五一五

FAX　〇三―三二六九―一六〇六

振替　〇〇一六〇―一―七二七七六

URL　http://www.fuun-sha.co.jp/

E-mail　mail@fuun-sha.co.jp

印刷　真生印刷株式会社

製本　株式会社　難波製本

ISBN978-4-938939-48-9